说是寂寞的秋的清愁，说是辽远的海的相思。假如有人问我的烦忧，我不敢说出你的名字。

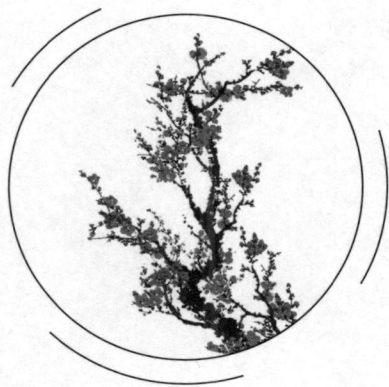

名家名作·诗文经典

戴望舒诗选

Dai Wang Shu Shi Xuan

戴望舒 /著

感悟现代新诗象征派表现手法，
叶圣陶赞他「替新诗开创了一个新纪元」。

民主与建设出版社
·北京·

© 民主与建设出版社，2019

图书在版编目（CIP）数据

戴望舒诗选 / 戴望舒著；凌翔主编 . -- 北京：民主与建设出版社，2019.7（2024.5重印）
ISBN 978-7-5139-2486-3

Ⅰ . ①戴… Ⅱ . ①戴… ②凌… Ⅲ . ①诗集—中国—现代 Ⅳ . ① I226

中国版本图书馆 CIP 数据核字（2019）第 084201 号

戴 望 舒 诗 选
DAI WANG SHU SHI XUAN

出 版 人	李声笑
著　　者	戴望舒
主　　编	凌　翔
责任编辑	刘树民
封面设计	黄　辉
出版发行	民主与建设出版社有限责任公司
电　　话	（010）59417747　59419778
社　　址	北京市海淀区西三环中路 10 号望海楼 E 座 7 层
邮　　编	100142
印　　刷	三河市兴达印务有限公司
版　　次	2019 年 7 月第 1 版
印　　次	2024 年 5 月第 2 次印刷
开　　本	880mm × 1230mm　1/32
印　　张	10
字　　数	200 千字
书　　号	ISBN 978-7-5139-2486-3
定　　价	59.80 元

注：如有印、装质量问题，请与出版社联系。

目录

———— 译诗选 ————

经典诗作

夕阳下

晚云在暮天上散锦，
溪水在残日里流金；
我瘦长的影子飘在地上，
像山间古树寂寞的幽灵。

远山啼哭得紫了，
哀悼着白日底长终；
落叶却飞舞欢迎
幽夜底衣角，那一片清风。

荒冢里流出幽古的芬芳，
在老树枝头把蝙蝠迷上，
它们缠绵琐细的私语
在晚烟中低低地回荡。

幽夜偷偷地从天末归来，

我独自还恋恋地徘徊；

在这寂寞的心间，我是

消隐了忧愁，消隐了欢快。

寒风中闻雀声

枯枝在寒风里悲叹，

死叶在大道上萎残；

雀儿在高唱薤露歌 ①，

一半儿是自伤自感。

大道上是寂寞凄清，

高楼上是悄悄无声，

只那孤岑的雀儿

伴着孤岑的少年人。

寒风已吹老了树叶，

———————————————

① 薤（xiè）露歌：《薤露》是我国古代的一首著名的送葬挽歌。原文为：
"薤上露，何易晞。露晞明朝更复落，人死一去何时归。"其意是以薤上之
露比喻人类生命的脆弱。薤是一种植物。

更吹老少年底华鬓，
又复在他底愁怀里
将一丝的温馨吹尽。

唱啊，我同情的雀儿，
唱破我芬芳的梦境；
吹吧，你无情的风儿，
吹断了我飘摇的微命。

自家伤感 ①

怀着热望来相见，
冀希从头细说，
偏你冷冷无言；
我只合踏着残叶
远去了，自家伤感

希望今又成虚，
且消受终天长怨。
看风里的蜘蛛，
又可怜地飘断
这一缕零丝残绪。

---

① 收入《望舒诗稿》时，作者改标题为《自家悲怨》，诗作也略有修改。

生　涯

泪珠儿已抛残，
只剩了悲思。
无情的百合啊，
你明丽的花枝。
你太娟好，太轻盈，
使我难吻你娇唇。①

人间伴我的是孤苦，
白昼给我的是寂寥；
只有那甜甜的梦儿，
慰我在深宵：
我希望长睡沉沉，

---

① 在个别版本中，此句改为"人间天上不堪寻"。

长在那梦里温存。

可是清晨我醒来
在枕边找到了悲哀：
欢乐只是一幻梦，
孤苦却待我生挨！
我暗把泪珠哽咽，
我又生活了一天。

泪珠儿已抛残，
悲思偏无尽，
啊，我生命底慰安！
我屏营①待你垂悯：
在这世间寂寂，
朝朝只有呜咽。

---

① 屏（bing）营，惶恐的意思。

流浪人的夜歌

残月是已死的美人，
在山头哭泣嘤嘤，
哭她细弱的魂灵。

怪枭在幽谷悲鸣，
饥狼在嘲笑声声，
在那残碑断碣的荒坟。

此地是黑暗底占领，
恐怖在统治人群，
幽夜茫茫地不明。

来到此地泪盈盈，
我是颠连飘泊的孤身，
我要与残月同沉。

断章 ①

不要说爱还是恨，
这问题我不要分明；
当我们提壶痛饮时，
可先问是酸酒是芳醇？

愿她温温的眼波
荡醒我心头的春草：
谁希望有花儿果儿？
但愿在春天里活几朝。

---

① 原标题是法文《Fragments》，收入《望舒诗稿》时，作者改为中文标题《断章》，诗本身也进行了微调。

凝泪出门

昏昏的灯，
溟溟的雨，
沉沉的未晓天；
凄凉的情绪：
将我底愁怀占住。

凄绝的寂静中，
你还酣睡未醒；
我无奈踯躅徘徊，
独自凝泪出门：
啊，我已够伤心。

清冷的街灯，
照着车儿前进；

在我底胸怀里，
我是失去了欢欣，
愁苦已来临。

可 知

可知怎的旧时的欢乐
到回忆都变作悲哀，
在月暗灯昏时候
重重地兜上心来，
　　啊，我底欢爱！

为了如今惟有愁和苦，
朝朝的难遣难排，
恐惧以后无欢日，
愈觉得旧时难再，
　　啊，我底欢爱！

可是只要你能爱我深，
只要你深情不改，

这今日的悲哀，
会变作来朝的欢快，
　　啊，我底欢爱！

否则悲苦难排解，
幽暗重重向我来，
我将含怨沉沉睡
睡在那碧草青苔，
　　啊，我底欢爱！

静 夜

像侵晓蔷薇底蓓蕾
含着晶耀的香露，
你盈盈地低泣，低着头，
你在我心头开了烦忧路。

你哭泣嘤嘤地不停，
我心头反复地不宁；
这烦忧是从何处生
使你堕泪，又使我伤心？

停了泪儿啊，请莫悲伤，
且把那原因细讲，
在这幽夜沉寂又微凉
人静了，这正是时光。

山 行

见了你朝霞的颜色，

便感到我落月的沉哀，

却似晓天的云片，

烦怨飘上我心来。

可是不听你啼鸟的娇音，

我就要像流水地呜咽，

却似凝露的山花，

我不禁地泪珠盈睫。

我们彳亍^① 在微茫的山径，

---

① 彳亍：音 chì chù。慢慢地行走，走走停停。

让梦香吹上了征衣，

和那朝霞，和那啼鸟，

和你不尽的缠绵意。

残花的泪

寂寞的古园中，
明月照幽素，
一枝凄艳的残花
对着蝴蝶泣诉：

我的娇丽已残，
我的芳时已过，
今宵我流着香泪，
明朝会萎谢尘土。

我的旖艳与温馨，
我的生命与青春
都已为你所有，
都已为你消受尽！

你旧日的蜜意柔情
如今已抛向何处？
看见我憔悴的颜色，
你啊，你默默无语！

你会把我孤凉地抛下，
独自蹁跹地飞去，
又飞到别枝春花上，
依依地将她恋住。

明朝晓日来时
小鸟将为我唱薤露歌；
你啊，你不会眷顾旧情
到此地来凭吊我！

十四行 ①

看微雨飘落在你披散的鬓边，
像小珠碎落在青色的海带草间
或是死鱼漂翻在浪波上，
闪出神秘又凄切的幽光，

它诱着又带着我青色的魂灵
到爱和死底梦的王国中睡眠，
那里有金色的空气和紫色的太阳，
那里可怜的生物将欢乐的眼泪流到胸膛；

就像一只黑色的衰老的瘦猫，

---

① 十四行诗是中世纪流行于欧洲的一种格律极其严谨的抒情短诗，诗体略有不同。本诗为"彼得拉克体"，各段行数为四、四、三、三，与莎士比亚的四、四、四、二那种十四行诗稍有差别。

在幽光中我憔悴又伸着懒腰，
流出我一切虚伪和真诚的骄傲；

然后，又跟着它踉跄在轻雾朦胧，
像淡红的酒沫飘在琥珀中，
我将有情的眼藏在幽暗的记忆中。

不要这样盈盈地相看 ①

不要这样盈盈地相看，
把你伤感的头儿垂倒，
静，听啊，远远地，在林里，
在死叶上的希望又醒了。

是一个昔日的希望，
它沉睡在林里已多年；
是一个缠绵烦琐的希望，
它早在遗忘里沉湮。

不要这样盈盈地相看，
把你伤感的头儿垂倒，

_____

这一个昔日的希望，
它已被你惊醒了。

这是缠绵烦琐的希望，
如今已被你惊起了，
它又要依依地前来
将你与我烦扰。

不要这样盈盈地相看，
把你伤感的头儿垂倒，
静，听啊，远远地，从林里，
惊醒的昔日的希望来了。

回了心儿吧

回了心儿吧，Ma chère ennemie，^①
我从今不更来无端地烦恼你。

你看我啊，你看我伤碎的心，
我惨白的脸，我哭红的眼睛！

回来啊，来一抚我伤痕，
用盈盈的微笑或轻轻的一吻。

Aime un peu^②！我把无主的灵魂付你：
这是我无上的愿望和最大的冀希。

———————————

①法文，其意为"我亲爱的冤家。"
②法文，其意为"爱一些些！"

回了心儿吧，我这样向你泣诉，

Un peu d'amour，pour moi；c'est déjà trop[1]！

忧　郁①

我如今已厌看蔷薇色，
一任她娇红披满枝。

心头的春花已不更开，
幽黑的烦忧已到我欢乐之梦中来。

我底唇已枯，我底眼已枯，
我呼吸着火焰，我听见幽灵低诉。

去吧，欺人的美梦，欺人的幻象，
天上的花枝，世人安能痴想！

———————

① 原标题是法文《Spleen》，收入《望舒诗稿》时，作者改用中文标题
《忧郁》。

我颓唐地在挨度这迟迟的朝夕！

我是个疲倦的人儿，我等待着安息

残叶之歌 ①

男　子

你看，湿了雨珠的残叶

静静地停在枝头，

（湿了泪珠的微心，

轻轻地贴在你心头。）

它踌躇着怕那微风

吹它到缥缈的长空。

女子

你看，那小鸟曾经恋过枝叶，
如今却要飘忽无迹。
（我底心儿和残叶一样，
你啊，忍心人，你要去他方。）

它可怜地等待着微风，
要依风去追逐爱者底行踪。

男子

那么，你是叶儿，我是那微风，
我曾爱你在枝上，也爱你在街中。

女子

来吧，你把你微风吹起，
我将我残叶底生命还你。

闻曼陀铃 ①

从水上飘起的，春夜的 Mandoline，

你咽怨的亡魂，孤冷又缠绵，

你在哭你底旧时情？

你徘徊到我底窗边，

寻不到昔日的芬芳，

你惆怅地哭泣到花间。

你凄婉地又重进我底纱窗，

还想寻些坠鬟 ② 的珠屑——

啊，你又失望地咽泪去他方。

---

① 原标题是法文《Mandoline》，收入《望舒诗稿》时，作者改用中文标题《闻曼陀铃》，也作《曼陀铃》。

② 鬟（huán），我国古代妇女所梳的一种环形发髻。

你依依地又来到我耳边低泣；

啼着那颓唐哀怨之音；

然后，懒懒地，到梦水间消歇。

雨　巷

撑着油纸伞，独自
彷徨在悠长，悠长
又寂寥的雨巷，
我希望逢着
一个丁香一样地
结着愁怨的姑娘。

她是有
丁香一样的颜色，
丁香一样的芬芳，
丁香一样的忧愁，
在雨中哀怨，
哀怨又彷徨；

她彷徨在这寂寥的雨巷，

撑着油纸伞

像我一样，

像我一样地

默默彳亍着，

冷漠、凄清，又惆怅。

她静默地走近

走近，又投出

太息一般的眼光，

她飘过

像梦一般地，

像梦一般地凄婉迷茫。

像梦中飘过

一枝丁香地，

我身旁飘过这女郎；

她静默地远了，远了。

到了颓圮的篱墙，

走尽这雨巷。

在雨的哀曲里，

消了她的颜色，

散了她的芬芳，
消散了，甚至她的
太息般的眼光，
她丁香般的惆怅。①

撑着油纸伞，独自
彷徨在悠长，悠长
又寂寥的雨巷，
我希望飘过
一个丁香一样地
结着愁怨的姑娘。

---

① 收入《望舒诗稿》时，戴望舒本人把"她丁香般的惆怅"中的"她"
字删去了。

我底记忆 ①

我底记忆是忠实于我的，

忠实得甚于我最好的友人。

它存在在燃着的烟卷上，

它存在在绘着百合花的笔杆上，

它存在在破旧的粉盒上，

它存在在颓垣的木莓上，

它存在在喝了一半的酒瓶上，

在撕碎的往日的诗稿上，在压干的花片上，

在凄暗的灯上，在平静的水上，

在一切有灵魂没有灵魂的东西上，

---

① 收入《望舒草》时，作者改标题为《我的记忆》。这首诗是作者写于大革命失败后的作品，作者本人十分钟爱，曾反复修改。

它在到处生存着，像我在这世界一样。

它是胆小的，它怕着人们底喧嚣，
但在寂寥时，它便对我采作密切的拜访。
它底声音是低微的，
但是它底话是很长，很长，
很多，很琐碎，而且永远不肯休：
它底话是古旧的，老是诉着同样的故事，
它底音调是和谐的，老是唱着同样的曲子，
有时它还模仿着爱娇的少女的声音，
它底声音是没有气力的，
而且还夹着眼泪，夹着太息。

它底拜访是没有一定的，
在任何时间，在任何地点，
甚至当我已上床，朦胧地想睡了；
或是选一个大清早，
人们会说它没有礼貌，
但是我们是老朋友。

它是琐琐地永远不肯休止的，
除非我凄凄地哭了，或是沉沉地睡了；
但是我永远不讨厌它，
因为它是忠实于我的。

路上的小语①

——给我吧，姑娘，那朵簪在你发上的
小小的青色的花，
它是会使我想起你的温柔来的。

——它是到处都可以找到的，
那边，你瞧，在树林下，在泉边，
而它又只会给你悲哀的记忆的。

——给我吧，姑娘，你底像花一样地燃着的，
像红宝石一样地晶耀着的嘴唇，
它会给我蜜底味，酒底味。

---

① 这是诗人写给初恋情人施绛年的诗，施绛年是戴望舒朋友施蛰存的
妹妹，是戴望舒诗作的主要出品人。后面的《林下的小语》《夜是》都是写
给施绛年的。收入《望舒诗稿》时，作者又作了一些精心修改。

——不，它只有青色的橄榄底味，
和未熟的苹果底味，
而且是不给说谎的孩子的。

——给我吧，姑娘，那在你衫子下的
你的火一样的，十八岁的心，
那里是盛着天青色的爱情的。

——它是我的，是不给任何人的，
除非别人愿意把他自己底真诚的
来作一个交换，永恒地。

林下的小语 ①

走进幽暗的树林里

人们在心头感到了寒冷，

亲爱的，在心头你也感到寒冷吗？

当你拥在我怀里

而且把你的唇黏着我底的时候？

不要微笑，亲爱的，

啼泣一些是温柔的，

啼泣吧，亲爱的，啼泣在我的膝上，

① 这是诗人对初恋情人施绛年的怀恋之作。当初，戴望舒向施绛年求爱时曾被拒绝，在施蛰存的撮合下才有了婚约，戴望舒出国三年后归来，施绛年又移情别恋，让戴望舒终生难忘，以致影响了他之后的婚恋。1929 年戴望舒出版第一本诗集《我底记忆》时，在书的扉页上，用大字号法语写着"给绛年"。

在我底胸头，在我底颈边。
啼泣不是一个短促的欢乐。

"追随我到世界的尽头，"
你固执地这样说着吗？
你说得多傻！你去追随天风吧！
我呢，我是比天风更轻，更轻，
是你永远追随不到的。

哦，不要请求我的心了！
它是我的，是只属于我的。
什么是我们的恋爱的纪念吗？
拿去吧，亲爱的，拿去吧，
这沉哀，这绛色的沉哀。

夜　是①

夜是清爽而温暖，
飘过的风带着青春和爱底香味，
我的头是靠在你裸着的膝上，
你想笑，而我却哭了。

温柔的是缢死在你底发上，
它是那么长，那么细，那么香；
但是我是怕着，那飘过的风
要把我们底青春带去。

我们只是被年海底波涛

---

① 此篇收入《望舒草》时，作者改题为《夜》。《夜是》借鉴了无题古诗词的命题方式，即以本诗首句或首词来作为诗题。《夜是》也是诗人写给初恋情人施绛年的。

挟着飘去的可怜的 épaves①，

不要讲古旧的 romance② 和理想的梦国了，

纵然你有柔情，我有眼泪。

我是怕着：那飘过的风

已把我们底青春和别人底一同带去了；

爱呵，你起来找一下吧，

它可曾把我们底爱情带去。

---

① 法文，其大致是沉船的意思。

② 法文，其意为"浪漫"，这里是指风光旖旎。收入《望舒草》时，作者对全诗有个别改动，此句改为"不要讲古旧的绮腻风光了"。

独自的时候

房里曾充满过清朗的笑声，
正如花园里充满过蔷薇；
人在满积着的梦的灰尘中抽烟，
沉想着消逝了的音乐。

在心头飘来飘去的是什么啊，
像白云一样地无定，像白云一样地沉郁？
而且要对它说话也是徒然的，
正如人徒然地向白云说话一样。

幽暗的房里耀着的只有光泽的木器，
独语着的烟斗也黯然缄默，
人在尘雾的空间描摹着惨白的裸体
和烧着人的火一样的眼睛。

为自己悲哀和为别人悲哀是一样的事，
虽然自己的梦是和别人的不同的，
但是我知道今天我是流过眼泪，
而从外边，寂静是悄悄地进来。

秋 天

再过几日秋天是要来了，
默坐着，抽着陶器的烟斗，
我已隐隐地听见它的歌吹
从江水的船帆上。

它是在奏着管弦乐：
这个使我想起做过的好梦；
从前我认它是好友是错了，
因为它带了忧愁来给我。

林间的猎角声是好听的，
在死叶上的漫步也是乐事，
但是，独身汉的心地我是很清楚的，
今天，我是没有闲雅的兴致。

我对它没有爱也没有恐惧，
我知道它所带来的东西的重量，
我是微笑着，安坐在我的窗前，
当浮云带着恐吓的口气来说：
　秋天要来了，望舒先生！

对于天的怀乡病

怀乡病，怀乡病，
这或许是一切
有一张有些忧郁的脸，
一颗悲哀的心，
而且老是缄默着，
还抽着一支烟斗的
人们的生涯吧。

怀乡病，哦，我啊，
我也是这类人之一，
我呢，我渴望着回返
到那个天，到那个如此青的天，
在那里我可以生活又死灭，
像在母亲的怀里，

一个孩子笑着和哭着一样。

我啊，我真是一个怀乡病者，
是对于天的，对于那如此青的天的，
在那里我可以安安地睡着
没有半边头风，没有不眠之夜，
没有心的一切的烦恼，
这心，它，已不是属于我的，
而有人已把它抛弃了
像人们抛弃了敝屣一样。

断　指

在一口老旧的，满积着灰尘的书橱中，
我保存着一个浸在酒精瓶中的断指；
每当无聊地去翻寻古籍的时候，
它就含愁地向我诉说一个使我悲哀的记忆。

它是被截下来的，从我一个已牺牲了的朋友底手上，
它是惨白的，枯瘦的，和我的友人一样，
时常萦系着我的，而且是很分明的，
是他将这断指交给我的时候的情景：

"为我保存着这可笑又可怜的恋爱的纪念吧，望舒，
在零落的生涯中，它是只能增加我的不幸了。"
他的话是舒缓的，沉着的，像一个叹息，
而他的眼中似乎是含着泪水，虽然微笑是在脸上。

关于他的"可怜又可笑的爱情"我是一些也不知道。

我知道的只是他是在一个工人家里被捕去的，

随后是酷刑吧，随后是惨苦的牢狱吧，

随后是死刑吧，那等待着我们大家的死刑吧。

关于他"可笑又可怜的爱情"我是一些也不知道。

他从未对我谈起过，即使在喝醉了酒时。

但是我猜想这一定是一段悲哀的故事，他隐藏着，

他想使它跟着截断的手指一同被遗忘了。

这断指上还染着油墨底痕迹，

是赤色的，是可爱的光辉的赤色的，

它很灿烂地在这截断的手指上，

正如他责备别人底懦怯的目光

在我们底心头一样。

这断指常带了轻微又黏着的悲哀给我，

但是这在我又是一件很有用的珍品，

每当为了一件琐事而颓丧的时候，我会说：

"好，让我拿出那个玻璃瓶来罢。"

印　象

是飘落深谷去的
幽微的铃声吧，
是航到烟水去的
小小的渔船吧，
如果是青色的真珠；
它已堕到古井的暗水里。

林梢闪着的颓唐的残阳，
它轻轻地敛去了
跟着脸上浅浅的微笑。

从一个寂寞的地方起来的，
迢遥的，寂寞的呜咽，
又徐徐回到寂寞的地方，寂寞地。

到我这里来

到我这里来，假如你还存在着，

全裸着，披散了你的发丝：

我将对你说那只有我们两人懂得的话。

我将对你说为什么蔷薇有金色的花瓣①，

为什么你有温柔而馥郁的梦，

为什么锦葵②会从我们的窗间探首进来。

人们不知道的一切我们都会深深了解，

除了我的手的颤动和你的心的奔跳；

---

① 蔷薇与玫瑰具有同等的象征意义，是戴望舒诗歌中经常出现的名词，但"金色的花瓣"的蔷薇很少见，实际上是黄色的蔷薇。

② 锦葵是人们常说的"断肠草"，与芙蓉花同属锦葵科，直立茎，开粉色的花。

不要怕我发着异样的光的眼睛，

向我来：你将在我的臂间找到舒适的卧榻。

可是，啊，你是不存在着了，

虽则你的记忆还使我温柔地颤动，

而我是徒然地等待着你，每一个傍晚，

在菩提树下 ①，沉思地，抽着烟。

———————

① 收入《望舒诗稿》时，作者将"在菩提树下"改为"在橙花下"。

祭　日

今天是亡魂的祭日，

我想起了我的死去了六年的友人。

或许他已老一点了，怅惜他爱娇的妻，

他哭泣着的女儿，他剪断了的青春。

他一定是瘦了，过着漂泊的生涯，在幽冥中，

但他的忠诚的目光是永远保留着的，

而我还听到他往昔的熟稔有劲的声音，

"快乐吗，老戴？"

（快乐，唔，我现在已没有了。）

他不会忘记了我：这我是很知道的，

因为他还来找我，每月一二次，在我梦里，

他老是饶舌的，虽则他已归于永恒的沉寂，

而他带着忧郁的微笑的长谈使我悲哀。

我已不知道他的妻和女儿到哪里去了，
我不敢想起她们，我甚至不敢问他，在梦里；
当然她们不会过着幸福的生涯的，
像我一样，像我们大家一样。

快乐一点吧，因为今天是亡魂的祭日；
我已为你预备了在我算是丰盛了的晚餐。
你可以找到我园里的鲜果，
和那你所嗜好的陈威士忌酒。
我们的友谊是永远地柔和的，
而我将和你谈着幽冥中的快乐和悲哀。

烦 忧

说是寂寞的秋的悒郁[1]，

说是辽远的海的怀念[2]。

假如有人问我烦忧，

我不敢说出你的名字。

我不敢说出你的名字。

假如有人问我烦忧：

说是辽远的海的怀念，

说是寂寞的秋的悒郁。

---

[1] 个别版本中，"悒郁"改为"清愁"。下同。

[2] 个别版本中，"怀念"改为"相思"。下同。

百合子 ①

百合子是怀乡病的可怜的患者，
因为她的家是在灿烂的樱花丛里的；
我们徒然有百尺的高楼和沉迷的香夜，
但温煦的阳光和朴素的木屋总常在她缅想中。

她度着寂寂的悠长的生涯，
她盈盈的眼睛茫然地望着远处；
人们说她冷漠的是错了，
因为她沉思的眼里是有着火焰。

她将使我为她而憔悴吗？
或许是的，但是谁能知道？

---

① 本诗与《八重子》《梦都子》描写的都是作者在日本认识的艺妓。

有时她向我微笑着，

而这忧郁的微笑使我也坠入怀乡病里。

她是冷漠的吗？不。

因为我们的眼睛是秘密地交谈着；

而她是醉一样地合上了她的眼睛的，

如果我轻轻地吻着她花一样的嘴唇。

八重子

八重子是永远地忧郁着的，
我怕她会郁瘦了她的青春。
是的，我为她的健康挂虑着，
尤其是为她的沉思的眸子。

发的香味是簪着辽远的恋情，
辽远到要使人流泪；
但是要使她欢喜，我只能微笑，
只能像幸福者一样地微笑。

因为我要使她忘记她的孤寂，
忘记萦系着她的渺茫的乡思，
我要使她忘记她在走着
无尽的，寂寞的凄凉的路。

而且在她的唇上，我要为她祝福，

为我的永远忧郁着的八重子，

我愿她永远有着意中人的脸，

春花的脸，和初恋的心。

梦都子
——致霞村 ①

她有太多的蜜饯的心——
在她的手上，在她的唇上；
然后跟着口红，跟着指爪，
印在老绅士的颊上，
刻在醉少年的肩上。

我们是她年轻的爸爸，诚然，
但也害怕我们的女儿到怀里来撒娇，
因为在蜜饯的心以外，
她还有蜜饯的乳房，

---

① 霞村，即指我国 20 世纪二三十年代的著名作家、翻译家徐霞村。徐霞村曾与戴望舒合译作品。

而在撒娇之后，她还会放肆。

你的衬衣上已有了贯矢的心，
而我的指上又有了纸捻的约指①，
如果我爱惜我的秀发，
那么你又该受那心愿的忤逆。

---

① 约指：即戒指。

我的素描

辽远的国土的怀念者，
我，我是寂寞的生物。

假如把我自己描画出来，
那是一幅单纯的静物写生。

我是青春和衰老的集合体，
我有健康的身体和病的心。

在朋友间我有爽直的声名，
在恋爱上我是一个低能儿。

因为当一个少女开始爱我的时候，
我先就要栗然地惶恐。

我怕着温存的眼睛，
像怕初春青空的朝阳。

我是高大的，我有光辉的眼；
我用爽朗的声音恣意谈笑。

但在悒郁的时候，我是沉默的，
悒郁着，用我二十四岁[①]的整个的心。

[①] 创作此诗时，诗人时年 24 岁，正在法国游学。

单恋者

我觉得我是在单恋着，
但是我不知道是恋着谁：
是一个在迷茫的烟水中的国土吗，
是一枝在静默中零落的花吗，
是一位我记不起的陌路丽人吗？
我不知道。
我知道的是我的胸膛胀着，
而我的心悸动着，像在初恋中。

在烦倦的时候，
我常是暗黑的街头的踯躅者，
我走遍了嚣嚷的酒场，
我不想回去，好像在寻找什么。
飘来一丝媚眼或是塞满一耳腻语，

那是常有的事。

但是我会低声说：

"不是你！"然后踉跄地又走向他处。

人们称我为"夜行人"①，

尽便吧，这在我是一样的；

真的，我是一个寂寞的夜行人。

而且又是一个可怜的单恋者。

---

① 夜行人通常指侠客或者盗贼，这里作者有点自嘲的口吻。

老之将至

我怕自己将慢慢地慢慢地老去，
随着那迟迟寂寂的时间，
而那每一个迟迟寂寂的时间，
是将重重地载着无量的怅惜的。

而在我坚而冷的圈椅中，在日暮，
我将看见，在我昏花的眼前
飘过那些模糊的暗淡的影子：
一片娇柔的微笑，一只纤纤的手，
几双燃着火焰的眼睛，
或是几点耀着珠光的眼泪。

是的，我将记不清楚了：
在我耳边低声软语着

"在最适当的地方放你的嘴唇"的，
是那樱花一般的樱子吗？
那是茹丽苕^①吗，飘着懒倦的眼
望着她已卸了的锦缎的鞋子？……
这些，我将都记不清楚了，
因为我老了。

我说，我是担忧着怕老去，
怕这些记忆凋残了，
一片一片地，像花一样；
只留着垂枯的枝条，孤独地。

---

① 法文音译，一女性姓名。

前 夜
——一夜的纪念，呈呐鸥兄 [1]

在比志步尔 [2] 启碇 [3] 的前夜，

托密 [4] 的衣袖变作了手帕，

她把眼泪和着唇脂拭在上面，

要为他壮行色，更加一点粉香。

明天会有太淡的烟和太淡的酒，

和磨不损的太坚固的时间，

而现在，她知道应该有怎样的忍耐：

---

[1] 刘呐鸥（1900—1939），20世纪30年代的新感觉派著名作家、电影制片人，是诗人的朋友。

[2] 一艘邮船的船名，发表在《现代》时写为"斯登步尔"。

[3] 碇，是指系船用的石墩。

[4] 托密：有版本注"托密"指刘呐鸥。

托密已经醉了，而且疲倦得可怜。

这个有橙花香味的南方的少年，
他不知道明天只能看见天和海——
或许在"家，甜蜜的家"①里他会康健些，
但是他的温柔的亲戚却要更瘦，更瘦。

① 这句话出自英国著名的歌剧《米兰姑娘克拉里》主题曲《甜蜜的家》
中，此主题曲由 J·H·佩恩作词、h·R·比肖普作曲，主题曲中反复出现
"home，sweet home"的咏叹。《甜蜜的家》当年在我国广泛流传。

我的恋人①

我将对你说我的恋人，

我的恋人是一个羞涩的人，

她是羞涩的，有着桃色的脸，

桃色的嘴唇，和一颗天青色的心。

她有黑色的大眼睛，

那不敢凝看我的黑色的大眼睛——

不是不敢，那是因为她是羞涩的；

而当我依在她胸头的时候，

你可以说她的眼睛是变换了颜色，

天青的颜色，她的心的颜色。

---

① 这是诗人写给恋人施绛年的情诗。

她有纤纤的手，
它会在我烦忧的时候安抚我，
她有清朗而爱娇的声音，
那是只向我说着温柔的，
温柔到销熔了我的心的话的。

她是一个静娴的少女，
她知道如何爱一个爱她的人，
但是我永远不能对你说她的名字，
因为她是一个羞涩的恋人。

村　姑

村里的姑娘静静地走着，
提着她的蚀着青苔的水桶；
溅出来的冷水滴在她的跣足上，
而她的心是在泉边的柳树下。

这姑娘会静静地走到她的旧屋去，
那在一棵百年的冬青树荫下的旧屋，
而当她想到在泉边吻她的少年，
她会微笑着，抿起了她的嘴唇。

她将走到那古旧的木屋边，
她将在那里惊散了一群在啄食的瓦雀，
她将静静地走到厨房里，
又静静地把水桶放在干刍边。

她将帮助她的母亲造饭，
而从田间回来的父亲将坐在门槛上抽烟，
她将给猪圈里的猪喂食，
又将可爱的鸡赶进它们的窠里去。

在暮色中吃晚饭的时候，
她的父亲会谈着今年的收成，
他或许会说到他的女儿的婚嫁，
而她便将羞怯地低下头云。

她的母亲或许会说她的懒惰，
（她打水的迟延便是一个好例子，）
但是她会不听到这些话，
因为她在想着那有点鲁莽的少年。

野　宴

对岸青叶荫下的野餐，
只有百里香和野菊作伴；
河水已洗涤了碍人的礼仪，
白云遂成为飘动的天幕。

那里有木叶一般绿的薄荷酒，
和你所爱的芬芳的腊味，
但是这里有更可口的芦笋
和更新鲜的乳酪。

我的爱软的草的小姐，
你是知味的美食家：
先尝这开胃的饮料，
然后再试那丰盛的名菜。

三顶礼 ①

引起寂寂的旅愁的，
翻着软浪的暗暗的海，
我的恋人的发，
受我怀念的顶礼。

恋之色的夜合花，
佻佽的夜合花，
我的恋人的眼，
受我沉醉的顶礼。

给我苦痛的蟹的，
苦痛的但是欢乐的蟹的，

---

① 三顶礼：即五体投地三叩首。

你小小的红翅的蜜蜂，

我的恋人的唇，

受我怨恨的顶礼。①

---

① 怨恨的顶礼是指诗人和小 5 岁的施绛年订婚后，施绛年要求诗人出国三年取得学位后才能结婚，诗人出国后见不到恋人，要求提前回国，未被同意。诗人又想让恋人也到法国留学，遭到拒绝，所以出现了"怨恨的顶礼"。诗人三年后回国，施绛年真的移情别恋了，让诗人终生留念。

二　月

春天已在野菊的头上逡巡着了，
春天已在斑鸠的羽上逡巡着了，
春天已在青溪的藻上逡巡着了，
绿荫的林遂成为恋的众香国。

于是原野将听倦了谎话的交换，
而不载重的无邪的小草
将醉着温软的皓体的甜香；

于是，在暮色冥冥里，
我将听了最后一个游女的惋叹，
拈着一枝蒲公英缓缓地归去。

小　病

从竹帘里漏进来的泥土的香，

在浅春的风里它几乎凝住了；

小病的人嘴里感到了莴苣的脆嫩，

于是遂有了家乡小园的神往。

小园里阳光是常在芸苔的花上吧，

细风是常在细腰蜂的翅上吧，

病人吃的莱菔 ① 的叶子许被虫蛀了，

而雨后的韭菜却许已有甜味的嫩芽了。

现在，我是害怕那使我脱发的饕餮了，

就是那滑腻的海鳗般美味的小食也得斋戒，

---

① 莱菔，lái fú，其意指萝卜。

因为小病的身子在浅春的风里是软弱的，
况且我又神往于家园阳光下的莴苣。

款步（一）

这里是爱我们的苍翠的松树，

它曾经遮过你的羞涩和我的胆怯，

我们的这个同谋者是有一个好记性的，

现在，它还向我们说着旧话，但并不揶揄。

还有那多嘴的深草间的小溪，

我不知道它今天为什么缄默：

我不看见它，或许它已换一条路走了，

饶舌着，施施然绕着小村而去了。

这边是来做夏天的客人的闲花野草，

它们是穿着新装，像在婚筵里，

而且在微风里对我们作有礼貌的礼敬，

好像我们就是新婚夫妇。

我的小恋人，今天我不对你说草木的恋爱，
却让我们的眼睛静静地说我们自己底，
而且我要用我的舌头封住你的小嘴唇了，
如果你再说：我已闻到你的愿望的气味。

款步（二）

答应我绕过这些木棚，
去坐在江边的游椅上。
啮着沙岸的永远的波浪，
总会从你投出着的素足
撼动你抿紧的嘴唇的。
而这里，鲜红并寂静得
与你底嘴唇一样的枫林间，
虽然残秋的风还未来到，
但我已经从你的缄默里，
觉出了它的寒冷。

过 时

说我是一个在怅惜着，
怅惜着好往日的少年吧，
我唱着我的崭新的小曲，
而你却揶揄：多么"过时！"

是呀，过时了，我的"单恋女"
都已经变作妇人或是母亲，
而我，我还可怜地年轻——
年轻？不吧，有点靠不住。

是呀，年轻是有点靠不住，
说我是有一点老了吧！
你只看我拿手杖的姿态
它会告诉你一切，而我的眼睛亦然。

老实说，我是一个年轻的老人了：
对于秋草秋风是太年轻了，
而对于春月春花却又太老。

有　赠①

谁曾为我束起许多花枝，

灿烂过又憔悴了的花枝，

谁曾为我穿起许多泪珠，

又倾落到梦里去的泪珠？

我认识你充满了怨恨的眼睛，

我知道你愿意缄在幽暗中的话语，

你引我到了一个梦中，

我却又在另一个梦中忘了你。

我的梦和我的遗忘中的人，

---

① 这首诗在 1936 年曾被上海艺华影片公司用作电影《初恋》的主题歌，影片播出后，此主题歌被广泛传唱。不过，用作主题歌时，有比较大的修改。

哦，受过我暗自祝福的人，

终日有意地灌溉着蔷薇，

我却无心地让寂寞的兰花愁谢。

游子谣

海上微风起来的时候，
暗水上开遍青色的蔷薇。
——游子的家园呢？

篱门是蜘蛛的家，
土墙是薜荔①的家，
枝繁叶茂的果树是鸟雀的家。

游子却连乡愁也没有，
他沉浮在鲸鱼海蟒间：
让家园寂寞的花自开自落吧。

---

① 薜荔，bì lì。一种终年常绿的藤本植物，又称为木莲、凉粉果，可制作成凉粉，也可入药。

因为海上有青色的蔷薇，

游子要萦系他冷落的家园吗？

还有比蔷薇更清丽的旅伴呢。

清丽的小旅伴是更甜蜜的家园，

游子的乡愁在那里徘徊踯躅。

唔，永远沉浮在鲸鱼海蟒间吧。

秋 绳

木叶的红色，
木叶的黄色，
木叶的土灰色：
窗外的下午！

用一双无数的眼睛，
衰弱的苍蝇望得昏眩。
这样窒息的下午啊！
它无奈地搔着头搔着肚子。

木叶，木叶，木叶，
无边木叶萧萧下。

玻璃窗是寒冷的冰片了，

太阳只有苍茫的色泽。
巡回地散一次步吧！
它觉得它的脚软。

红色，黄色，土灰色，
昏眩的万花筒的图案啊！

迢遥的声音，古旧的，
大伽蓝 ① 的钟磬？天末的风？
苍蝇有点僵木，
这样沉重的翼翅啊！

飘下地，飘上天的木叶旋转着，
红色，黄色，土灰色的错杂的回轮。

无数的眼睛渐渐模糊，昏黑，
什么东西压到轻绡的翅上，
身子像木叶一般地轻，
载在巨鸟的翎翮上吗？

---

① 大伽蓝是佛教寺院的代称。

夜行者

这里他来了：夜行者！

冷清清的街上有沉着的跫①音，

从黑茫茫的雾，

到黑茫茫的雾。

夜的最熟稔的朋友，

他知道它的一切琐碎，

那么熟稔，在它的熏陶中

他染了它一切最古怪的脾气。

夜行者是最古怪的人。

你看他走在黑夜里：

---

① 跫，qióng。指脚步声。

戴着黑色的毡帽，

迈着夜一样静的步子。

微　辞

园子里蝶褪了粉蜂褪了黄，

则木叶下的安息是允许的吧，

然而好弄玩的女孩子是不肯休止的，

"你瞧我的眼睛，"她说，"它们恨你！"

女孩子有恨人的眼睛，我知道，

她还有不洁的指爪，

但是一点恬静和一点懒是需要的，

只瞧那新叶下静静的蜂蝶。

魔道者使用曼陀罗① 根或是枸杞，

_____

① 曼陀罗根是一种中药，指曼陀罗花的根，西方人一度认为曼陀罗根
有催情作用。

而人却像花一般地顺从时序，
夜来香娇妍地开了一个整夜，
朝来送入温室一时能重鲜吗？

园子都已恬静，
蜂蝶睡在新叶下，
迟迟的永昼①中
无厌的女孩子也该休止。

---

① 永昼一词来源于李清照词句"薄雾浓云愁永昼"，指漫长的白天。

妾薄命 ①

一枝，两枝，三枝，

床巾上的图案花

为什么不结果子啊！

过去了：春天，夏天，秋天。

明天梦已凝成了冰柱；

还会有温煦的太阳吗？

纵然有温煦的太阳，跟着檐溜 ②，

去寻坠梦的丁冬吧！

---

① 妾薄命是乐府旧题，常常用在哀怨类的诗中，诗人用此取题，也有无可奈何之意。

② 檐溜是指冬天屋檐下的冰溜子。

少年行

是簪花的老人呢，
灰暗的篱笆披着茑萝 ①；

旧曲在颤动的枝叶间死了，
新蜕的蝉用单调的生命赓续。

结客寻欢都成了后悔，
还要学少年的行蹊吗？

平静的天，平静的阳光下，
烂熟的果子平静地落下来了。

---

　　① 茑萝，niǎo luò。一种观赏用的草本植物，其茎细化而缠绕，开红色
或白色的花。

旅　思

故乡芦花开的时候，

旅人的鞋跟染着征泥，

黏住了鞋跟，黏住了心的征泥，

几时经可爱的手拂拭？

栈石星饭①的岁月，

骤山骤水的行程，

只有寂静中的促织声，

给旅人尝一点家乡的风味。

---

① 南朝鲍照诗"栈石星饭，结荷水宿，旅客贫辛，波路壮阔"，指坐在
石栈道上，头顶星光吃饭。

不寐

在沉静底音波中，
每个爱娇的影子
在眩晕的脑里
作瞬间的散步；

只是短促的瞬间，
然后列成桃色的队伍，
月移花影地淡然消溶，
飞机上的阅兵式。

掌心抵着炎热的前额，
腕上有急促的温息；
是那一宵的觉醒啊？
这种透过皮肤的温息。

让沉静底最高的音波，
来震破脆弱的耳膜吧。
窒息的白色帐子，墙……
什么地方去喘一口气呢？

深闭的园子

五月的园子
已花繁叶满了，
浓荫里却静无鸟喧。

小径已铺满苔藓，
而篱门的锁也锈了——
主人却在迢遥的太阳下。

在迢遥的太阳下，
也有璀璨的园林吗？

陌生人在篱边探首，
空想着天外的主人。

灯

士为知己者用，
故承恩的灯
遂做了恋的同谋人。
作憧憬之雾的
青色的灯，
作色情之屏的
桃色的灯。

因为我们知道爱灯，
如仁者乐山，智者乐水，
为供它的法眼的鉴赏
我们展开秘藏的风俗画：
灯却不笑人的风魔。

在灯的友爱的光里，

人走进了美容院；

千手千眼的技师，

替人匀着最宜雅的脂粉，

于是我们便目不暇给。

太阳只发着学究的教训，

而灯光却作着亲切的密语，

至于交头接耳的暗黑，

便是饕餮者的施主了。

寻梦者

梦会开出花来的，
梦会开出姣妍的花来的：
去求无价的珍宝吧。

在青色的大海里，
在青色的大海的底里，
深藏着金色的贝一枚。

你去攀九年的冰山吧，
你去航九年的旱海吧，
然后你逢到那金色的贝。

它有天上的云雨声，
它有海上的风涛声，

它会使你的心沉醉。

把它在海水里养九年，
把它在天水里养九年，
然后，它在一个暗夜里开绽了。

当你鬓发斑斑了的时候，
当你眼睛朦胧了的时候，
金色的贝吐出桃色的珠。

把桃色的珠放在你怀里，
把桃色的珠放在你枕边，
于是一个梦静静地升上来了。

你的梦开出花来了，
你的梦开出姣妍的花来了，
在你已衰老了的时候。

乐园鸟

飞着，飞着，春，夏，秋，冬，
昼，夜，没有休止，
华羽的乐园鸟，
这是幸福的云游呢，
还是永恒的苦役？

渴的时候也饮露，
饥的时候也饮露，
华羽的乐园鸟，
这是神仙的佳肴呢，
还是为了对于天的乡思？

是从乐园里来的呢，
还是到乐园里去的？

华羽的乐园鸟，

在茫茫的青空中，

也觉得你的路途寂寞吗？

假使你是从乐园里来的，

可以对我们说吗，

华羽的乐园鸟，

自从亚当、夏娃被逐后，

那天上的花园已荒芜到怎样了？

古意答客问

孤心逐浮云之炫烨的卷舒，

惯看青空的眼喜侵阈的青芜。

你问我的欢乐何在？

——窗头明月枕边书。

侵晨看岚蹒躅于山巅，

入夜听风琐语于花间。

你问我的灵魂安息于何处？

——看那袅绕地、袅绕地升上去的炊烟。

渴饮露，饥餐英；

鹿守我的梦，鸟祝我的醒。

你问我可有人间世的挂虑？

——听那消沉下去的百代之过客的跫音。

灯

灯守着我，劬^①劳地，

凝看我眸子中

有穿着古旧的节日衣衫的

欢乐儿童，

忧伤稚子，

像木马栏似的

转着，转着，永恒地……

而火焰的春阳下的树木般的

小小的爆裂声，

摇着我，摇着我，

柔和地。

---

① 劬，qú。劳苦的意思。

美丽的节日萎谢了，

木马栏独自转着，转着……

灯徒然怀着母亲的劬劳，

孩子们的彩衣已褪了颜色。

已矣哉！

采撷黑色大眼睛的凝视

去织最绮丽的梦网！

手指所触的地方：

火凝作冰焰，

花幻为枯枝。

灯守着我。让它守着我！

曦阳普照，蜥蜴不复浴其光，

帝王长卧，鱼烛①永恒地高烧

在他森森的陵寝。

这里，一滴一滴地，

寂静坠落，坠落，坠落。

---

① 鱼烛即用娃娃鱼膏制成的蜡烛，《史记》中曾这样描述秦始皇墓葬的
情景："以人鱼膏为烛，度不灭者久之。"人鱼就是娃娃鱼。

秋夜思

谁家动刀尺？
心也需要秋衣。

听鲛人①的召唤，
听木叶的呼息！
风从每一条脉络进来，
窃听心的枯裂之音。

诗人云：心即是琴。
谁听过那古旧的阳春白雪？
为真知的死者的慰藉，

---

① 鲛人，传说南海外有极善纺织的美人鱼，其织物称为鲛绡，入水不湿。这里，"鲛人的召唤"指卖布人的叫卖声。

有人已将它悬在树梢，

为天籁之凭托——

但曾一度谛听的飘逝之音。

而断裂的吴丝蜀桐，

仅使人从弦柱间思忆华年。

小　曲

啼倦的鸟藏喙在彩翎间，
音的小灵魂向何处翩跹？
老去的花一瓣瓣委尘土，
香的小灵魂在何处流连？

它们不能在地狱里，不能，
这那么好，那么好的灵魂！
那么是在天堂，在乐园里？
摇摇头，圣彼得①可也否认。

没有人知道在哪里，没有，

---

① 圣彼得是耶稣生前的十二个门徒之一，耶稣死后，圣彼得成为基督教领袖。

诗人却微笑而三缄其口：
有什么东西在调和氤氲，
在他的心的永恒的宇宙。

赠克木 ①

我不懂别人为什么给那些星辰

取一些它们不需要的名称，

它们闲游在太空，无牵无挂，

不了解我们，也不求闻达。

记着天狼，海王，大熊……这一大堆，

还有它们的成分，它们的方位，

你绞干了脑汁，涨破了头，

弄了一辈子，还是个未知的宇宙。

星来星去，宇宙运行，

---

① 金克木（1912—2000），著名诗人和翻译家，著名学者。1936年，金克木在杭州生活期间，戴望舒曾专门去金克木家中探望，回去后，戴望舒写下此诗，并寄赠金克木。

春秋代序，人死人生，
太阳无量数，太空无限大，
我们只是倏忽渺小的夏虫井蛙。

不痴不聋，不做阿家翁，
为人之大道全在懵懂，
最好不求甚解，单是望望，
看天，看星，看月，看太阳。

也看山，看水，看云，看风，
看春夏秋冬之不同，
还看人世的痴愚，人世的倥偬：
静默地看着，乐在其中。

乐在其中，乐在空与时以外，
我和欢乐都超越过一切的境界，
自己成一个宇宙，有它的日月星，
来供你钻究，让你皓首穷经。

或是我将变一颗奇异的彗星，
在太空中欲止即止，欲行即行，
让人算不出轨迹，瞧不透道理，
然后把太阳敲成碎火，把地球撞成泥。

眼

在你的眼睛的微光下，
迢遥的潮汐升涨：
玉的珠贝，
青铜的海藻……
千万尾飞鱼的翅，
剪碎分而复合的
顽强的渊深的水。

无渚涯的水，
暗青色的水！
在什么经纬度上的海中，
我投身又沉溺在
以太阳之灵照射的诸太阳间，
以月亮之灵映光的诸月亮间，

以星辰之灵闪烁的诸星辰间？

于是我是彗星，

有我的手，

有我的眼，

并尤其有我的心。

我晞曝 ① 于你的眼睛的

苍茫朦胧的微光中，

并在你上面，

在你的太空的镜子中

鉴照我自己的

透明而畏寒的

火的影子，

死去或冰冻的火的影子。

我伸长，我转着，

我永恒地转着，

在你永恒的周围

并在你之中……

我是从天上奔流到海，

---

① 晞曝：被强烈的日光照射，将水分蒸发，晒干。

从海奔流到天上的江河，

我是你每一条动脉，

每一条静脉，

每一个微血管中的血液，

我是你的睫毛

（它们也同样在你的

眼睛的镜子里顾影）

是的，你的睫毛，你的睫毛。

而我是你，

因而我是我。

夜　蛾

绕着蜡烛的圆光，
夜蛾作可怜的循环舞，
这些众香国的谪仙①不想起
已死的虫，未死的叶。

说这是小睡中的亲人，
飞越关山，飞越云树②，
来慰藉我们的不幸，
或者是怀念我们的死者，
被记忆所逼，离开了寂寂的夜台③来。

① 谪仙是指被贬到人间的神仙。
② 云树取自成语云树之思，比喻久别朋友间的相思之情。
③ 夜台是古诗词中的常用词，代指坟墓。

我却明白它们就是我自己，
因为它们用彩色的大绒翅
遮覆住我的影子，
让它留在幽暗里。

这只是为了一念，不是梦，
就像那一天我化成凤。

寂 寞

园中野草渐离离，
托根于我旧时的脚印，
给他们披青春的彩衣，
星下的盘桓从兹消隐。

日子过去，寂寞永存，
寄魂于离离的野草，
像那些可怜的灵魂，
长得如我一般高。

我今不复到园中去，
寂寞已如我一般高：
我夜坐听风，昼眠听雨，
悟得月如何缺，天如何老。

我思想

我思想，故我是蝴蝶[①]……

万年后小花的轻呼

透过无梦无醒的云雾，

来震撼我斑斓的彩翼。

[①] 蝴蝶是戴望舒诗句中经常出现的词汇，蝴蝶在古人心目中是一种由虫生翅，并进而飞升为蝶的羽化之物，特别是梁祝化蝶的民间故事，更是把蝴蝶当作爱情的象征，而庄生梦蝶等故事，则把蝴蝶当作一种梦境。由此可见，蝴蝶尽管弱小无力，但却是自由、快乐的代名词。

元日祝福

新的年岁带给我们新的希望。

祝福！我们的土地，

血染的土地，焦裂的土地，

更坚强的生命将从而滋长。

新的年岁带给我们新的力量。

祝福！我们的人民，

坚苦的人民，英勇的人民，

苦难会带来自由解放。

白蝴蝶

给什么智慧给我，

小小的白蝴蝶，

翻开了空白之页，

合上了空白之页？

翻开的书页：

寂寞；

合上的书页：

寂寞。

致萤火

萤火，萤火，
你来照我。

照我，照这沾露的草，
照这泥土，照到你老。

我躺在这里，让一颗芽
穿过我的躯体，我的心，
长成树，开花；

让一片青色的藓苔，
那么轻，那么轻
把我全身遮盖，

像一双小手纤纤，
当往日我在昼眠，
把一条薄被
在我身上轻披。

我躺在这里
咀嚼着太阳的香味；
在什么别的天地，
云雀在青空中高飞。

萤火，萤火
给一缕细细的光线——
够担得起记忆，
够把沉哀来吞咽！

狱中题壁

如果我死在这里，
朋友啊，不要悲伤，
我会永远地生存
在你们的心上。

我们之中的一个死了，
在日本占领地的牢里，
他怀着的深深仇恨，
你们应该永远地记忆。

当你们回来，从泥土
掘起他伤损的肢体，
用你们胜利的欢呼
把他的灵魂高高扬起，

然后把他的白骨放在山峰，
曝着太阳，沐着飘风，
在那暗黑潮湿的土牢，
这曾是他唯一的美梦。

我用残损的手掌

我用残损的手掌

摸索这广大的土地：

这一角已变成灰烬，

那一角只是血和泥；

这一片湖该是我的家乡，

（春天，堤上繁花如锦障，

嫩柳枝折断有奇异的芬芳，）

我触到荇藻和水的微凉；

这长白山的雪峰冷到彻骨，

这黄河的水夹泥沙在指间滑出；

江南的水田，你当年新生的禾草

是那么细，那么软……现在只有蓬蒿；

岭南的荔枝花寂寞地憔悴，

尽那边，我蘸着南海没有渔船的苦水……

无形的手掌掠过无限的江山，
手指沾了血和灰，手掌粘了阴暗，
只有那辽远的一角依然完整，
温暖，明朗，坚固而蓬勃生春。
在那上面，我用残损的手掌轻抚，
像恋人的柔发，婴孩手中乳。
我把全部的力量运在手掌
贴在上面，寄与爱和一切希望，
因为只有那里是太阳，是春，
将驱逐阴暗，带来苏生，
因为只有那里我们不像牲口一样活，
蝼蚁一样死……那里，永恒的中国！

心　愿

几时可以开颜笑笑，
把肚子吃一个饱，
到树林子去散一会儿步，
然后回来安逸地睡一觉？
　　只有把敌人打倒。

几时可以再看见朋友们，
跟他们游山，玩水，谈心，
喝杯咖啡，抽一支烟，
念念诗，坐上大半天？
　　只有送敌人入殓。

几时可以一家团聚，
拍拍妻子，抱抱儿女，

烧个好菜，看本电影，
回来围炉谈笑到更深？
　　　只有将敌人杀尽。

只有起来打击敌人，
自由和幸福才会临降，
否则这些全是白日梦
和没有现实的游想。

等待（一）

我等待了两年，
你们还是这样遥远啊！
我等待了两年，
我的眼睛已经望倦啊！

说六个月可以回来啦，
我却等待了两年啊，
我已经这样衰败啦，
谁知道还能够活几天啊。

我守望着你们的脚步，
在熟稔的贫困和死亡间，
当你们再来，带着幸福，
会在泥土中看见我张大的眼。

等待（二）

你们走了，留下我在这里等，
看血污的铺石上徘徊着鬼影，
饥饿的眼睛凝望着铁栅，
勇敢的胸膛迎着白刃：
耻辱黏住每一颗赤心，
在那里，炽烈地燃烧着悲愤。

把我遗忘在这里，让我见见
屈辱的极度，沉痛的界限，
做个证人，做你们的耳，你们的眼，
尤其做你们的心，受苦难，磨炼，
仿佛是大地的一块，让铁蹄蹂践，
仿佛是你们的一滴血，遗在你们后面。

没有眼泪没有语言的等待：
生和死那么紧地相贴相挨，
而在两者间，顽长的岁月在那里挤，
结伴儿走路，好像难兄难弟。

冢地只两步远近，我知道
安然占六尺黄土，盖六尺青草；
可是这儿也没有什么大不同，
在这阴湿，窒息的窄笼：
做白虱的巢穴，做泔脚缸，
让脚气慢慢延伸到小腹上，
做柔道的呆对手，剑术的靶子，
从口鼻一齐喝水，然后给踩肚子，
膝头压在尖钉上，砖头垫在脚踵上，
听鞭子在皮骨上舞，做飞机在梁上荡……

多少人从此就没有回来，
然而活着的却耐心地等待。

让我在这里等待，
耐心地等你们回来：
做你们的耳目，我曾经生活，
做你们的心，我永远不屈服。

过旧居（初稿）

静掩的窗子隔住了尘封的幸福，
寂寞的温暖饱和着辽远的炊烟——
陌生的声音还是解冻的呼唤？……
挹泪的过客在往昔生活了一瞬间。

过旧居

这样迟迟的日影，
这样温暖的寂静，
这片午饮的香味，
对我是多么熟稔。

这带露台，这扇窗，
后面有幸福的窥望，
还有几架书，两张床，
一瓶花……这已是天堂。

我没有忘记：这是家，
妻如玉，女儿如花，
清晨的呼唤和灯下的闲话，
想一想，会叫人发傻；

单听他们亲昵地叫，
就够人整天地骄傲，
出门时挺起胸，伸直腰，
工作时也抬头微笑。

现在……可不是我回家午餐？……
桌上一定摆上了盘和碗，
亲手调的羹，亲手煮的饭，
想起了就会嘴馋。

这条路我曾经走了多少回！
多少回？……过去都压缩成一堆，
叫人不能分辨，日子是那么相类，
同样幸福的日子，这些孪生姊妹！

我可糊涂啦，是不是今天
出门时我忘记说"再见"？
还是这事情发生在许多年前，
其中间隔着许多变迁？

可是这带露台，这扇窗，
那里却这样静，没有声响，

没有可爱的影子，娇小的叫嚷，

只是寂寞，寂寞，伴着阳光。

而我的脚步为什么又这样累？

是否我肩上压着苦难的年岁，

压着沉哀，透渗到骨髓，

使我眼睛朦胧，心头消失了光辉？

为什么辛酸的感觉这样新鲜？

好像伤没有收口，苦味在舌间。

是一个归途的游想把我欺骗，

还是灾难的日月真横亘其间？

我不明白，是否一切都没改动，

却是我自己做了白日梦，

而一切都在那里，原封不动：

欢笑没有冰凝，幸福没有尘封？

或是那些真实的岁月，年代，

走得太快一点，赶上了现在，

回过头来瞧瞧，匆忙又退回来，

再陪我走几步，给我瞬间的欢快？

……

有人开了窗，

有人开了门，

走到露台上——

一个陌生人。

生活，生活，漫漫无尽的苦路！

咽泪吞声，听自己疲倦的脚步：

遮断了魂梦的不仅是海和天，云和树，

无名的过客在往昔作了瞬间的踌躇。

示长女

记得那些幸福的日子！
女儿，记在你幼小的心灵：
你童年点缀着海鸟的彩翎，
贝壳的珠色，潮汐的清音，
山岚的苍翠，繁花的绣锦，
和爱你的父母的温存。

我们曾有一个安乐的家，
环绕着淙淙的泉水声，
冬天曝着太阳，夏天笼着清荫，
白天有朋友，晚上有恬静，
岁月在窗外流，不来打搅
屋里终年长驻的欢欣，
如果人家窥见我们在灯下谈笑，

就会觉得单为了这也值得过一生。

我们曾有一个临海的园子，
它给我们滋养的番茄和金笋，
你爸爸读倦了书去垦地，
你妈妈在太阳阴里缝纫，
你呢，你在草地上追彩蝶，
然后在温柔的怀里寻温柔的梦境。

人人说我们最快活，
也许因为我们生活过得蠢，
也许因为你妈妈温柔又美丽，
也许因为你爸爸诗句最清新。

可是，女儿，这幸福是短暂的，
一霎时都被云锁烟埋；
你记得我们的小园临大海，
从那里你们一去就不再回来，
从此我对着那迢遥的天涯，
松树下常常徘徊到暮霭。

那些绚烂的日子，像彩蝶，
现在枉费你摸索追寻，

我仿佛看见你从这间房
到那间，用小手挥逐阴影，
然后，缅想着天外的父亲，
把疲倦的头搁在小小的绣枕。

可是，记着那些幸福的日子，
女儿，记在你幼小的心灵：
你爸爸仍旧会来，像往日，
守护你的梦，守护你的醒。

在天晴了的时候

在天晴了的时候，

该到小径中去走走：

给雨润过的泥路，

一定是凉爽又温柔；

炫耀着新绿的小草，

已一下子洗净了尘垢；

不再胆怯的小白菊，

慢慢地抬起它们的头，

试试寒，试试暖，

然后一瓣瓣地绽透；

抖去水珠的凤蝶儿

在木叶间自在闲游，

把它的饰彩的智慧书页

曝着阳光一开一收。

到小径中去走走吧，
在天晴了的时候，
赤着脚，携着手，
踏着新泥，涉过溪流。

新阳推开了阴霾了，
溪水在温风中晕皱，
看山间移动的暗绿——
云的脚迹——它也在闲游。

赠　内

空白的诗帖，
幸福的年岁；
因为我苦涩的诗节
只为灾难树里程碑。

即使清丽的词华
也会消失它的光鲜，
恰如你鬓边憔悴的花
映着明媚的朱颜。

不如寂寂地过一世，
受着你光彩的熏沐，
一旦为后人说起时，
但叫人说往昔某人最幸福。

萧红墓畔口占 ①

走六小时寂寞的长途，
到你头边放一束红山茶，
我等待着，长夜漫漫，
你却卧听着海涛闲话。

---

① 口占：就是指即兴作诗。此诗当年曾发表两次，一次发于 1944 年
9 月 10 日香港《华侨日报·文艺周刊》，诗题为《墓边口占》，一次发表于
1946 年 1 月 22 日《新华日报》，诗题为《萧红墓照片题诗录》。萧红生前在
香港发表的作品，主要出品人就是戴望舒，萧红去世后，戴望舒多次去萧红
位于香港浅水湾的墓地凭吊。

口　号

盟军的轰炸机来了，
看他们勇敢地飞翔，
向他们表示沉默的欢快，
但却永远不要惊慌。

看敌人四处钻，发抖：
盟军的轰炸机来了，
也许我们会碎骨粉身，
但总比死在敌人手上好。

我们需要冷静，坚忍，
离开兵营，工厂，船坞：
盟军的轰炸机来了，
叫敌人踏上死路。

苦难的岁月不会再迟延，

解放的好日子就快到，

你看带着这消息的，

盟军的轰炸机来了。

偶　成

如果生命的春天重到，
古旧的凝冰都哗哗地解冻，
那时我会再看见灿烂的微笑，
再听见明朗的呼唤——这些迢遥的梦。

这些好东西都绝不会消失，
因为一切好东西都永远存在，
它们只是像冰一样凝结，
而有一天会像花一样重开。

古神祠前

古神祠前逝去的
暗暗的水上，
印着我多少的
思量的轻轻的脚迹，
比长脚的水蜘蛛，
更轻更快的脚迹。

从苍翠的槐树叶上，
它轻轻地跃到
饱和了古愁的钟声的水上，
它掠过涟漪，踏过荇藻，
跨着小小的，小小的
轻快的步子走。
然后，踌躇着，

生出了翼翅……

它飞上去了，
这小小的蜉蝣，
不，是蝴蝶，它翩翩飞舞，
在芦苇间，在红蓼花上；
它高升上去了，
化作一只云雀，
把清音撒到地上……
现在它是鹏鸟了。
在浮动的白云间，
在苍茫的青天上，
它展开翼翅慢慢地，
作九万里的翱翔，
前生和来世的逍遥游。

它盘旋着，孤独地，
在迢遥的云山上，
在人间世的边际，
长久地，固执到可怜。

终于，绝望地，
它疾飞回到我心头
在那儿忧愁地蛰伏。

见毋忘我花

为你开的

为我开的毋忘我花，

为了你的怀念，

为了我的怀念，

它在陌生的太阳下，

陌生的树林间，

谦卑地，悒郁地开着。

在僻静的一隅，

它为你向我说话，

它为我向你说话；

它重数我们用凝望

远方潮润的眼睛

在沉默中所说的话，

而它的语言又是
像我们的眼一样沉默。

开着吧，永远开着吧，
挂虑我们的小小的青色的花。

微　笑

轻岚从远山飘开，
水蜘蛛在静水上徘徊：
说吧：无限意，无限意。

有人微笑，
一颗心开出花来，
有人微笑，
许多脸儿忧郁起来。

做定情之花带的点缀吧，
做逍遥之旅愁的凭借吧。

霜　花

九月的霜花，

十月的霜花，

雾的娇女，

开到我鬓边来。

装点着秋叶，

你装点了单调的死，

雾的娇女，

来替我簪你素艳的花。

你还有珍珠的眼泪吗?

太阳已不复重燃死灰了。

我静观我鬓丝的零落，

于是我迎来你所装点的秋。

流　水

在寂寞的黄昏里，
我听见流水嘹亮的言语：

"穿过暗黑的，暗黑的林，
流到那边去！
到升出赤色的太阳的海去！

"你，被践踏的草和被弃的花，
一同去，跟着我们的流一同去。

"冲过横在路头的顽强的石，
溅起来，溅起浪花来，
从它上面冲过去！

"泻过草地，泻过绿色的草地，
没有踌躇或是休止，
把握住你的意志。

"我们是各处的水流的集体，
从山间，从乡村，
从城市的沟渠……
我们是力的力。

"决了提防，破了闸！
阻拦我们吗？
你会看见你的毁灭。……"

在一个寂寂的黄昏里，
我看见一切的流水，
在同一个方向中，
奔流到太阳的家乡去。

我们的小母亲

机械将完全地改变了，在未来的日子——

不是那可怖的汗和血的榨床，

不是驱向贫和死的恶魔的大车。

它将成为可爱的，温柔的，

而且仁慈的，我们的小母亲，

一个爱着自己的多数的孩子的，

用有力的，热爱的手臂，

紧抱着我们，抚爱着我们的

我们这一类人的小母亲。

是啊，我们将没有了恐慌，没有了憎恨，

我们将热烈地爱它，用我们多数的心。

我们不会觉得它是一个静默的铁的神秘，

在我们，它是一颗充着慈爱的血的心的，

一个人间的孩子们的母亲。

于是，我们将劳动着，相爱着，
在我们的小母亲的怀里；
在我们的小母亲的怀里，
我们将互相了解，

更深切地互相了解……
而我们将骄傲地自庆着，
是啊，骄傲地，有一个
完全为我们的幸福操作着
慈爱地抚育着我们的小母亲，
我们的有力的铁的小母亲！

昨　晚

我知道昨晚在我们出门的时候，

我们的房里一定有一次热闹的宴会，

那些常被我的宾客们当作没有灵魂的东西，

不用说，都是这宴会的佳客：

这事情我也能容易地觉出，

否则这房里决不会零乱，

不会这样氤氲着烟酒的气味。

它们现在是已经安分守己了，

但是扶着残醉的洋娃娃却眨着眼睛，

我知道她还会撒痴撒娇：

她的头发是那样地蓬乱，而舞衣又那样地皱，

一定的，昨晚她已被亲过了嘴。

那年老的时钟显然已喝得太多了，

他还渴睡着，而把他的职司忘记；

拖鞋已换了方向，易了地位，

他不安静地躺在床前，而横出榻下。

粉盒和香水瓶自然是最漂亮的娇客，

因为她们是从巴黎来的，

而且准跳过那时行的"黑底舞"；

还有那个龙钟的磁佛，他的年岁比我们还大，

他听过我祖母的声音，又受过我父亲的爱抚，

他是慈爱的长者，他必然居过首席。

（他有着一颗什么心会和那些后生小子和谐？）

比较安静的恐怕只有那桌上的烟灰盂，

它是昨天刚在大路上来的，它是生客。

还有许许多多的有伟大的灵魂的小东西，

它们现在都已敛迹，而且又装得那样规矩，

它们现在是那样安静，但或许昨晚最会胡闹。

对于这些事物的放肆我倒并不嗔怪，

我不会发脾气，因为像我们一样，

它们在有一些的时候也应得狂欢痛快。

但是我不懂得它们为什么会胆小害怕我们，

我们不是严厉的主人，我们愿意它们同来！

这些我们已有过了许多证明，

如果去问我的荷兰烟斗，它便会讲给你听。

无　题

我和世界之间是墙，

墙和我之间是灯，

灯和我之间是书，

书和我之间是——隔膜。

秋天的梦

逍遥的牧女的羊铃，
摇落了轻的树叶。

秋天的梦是轻的，
那是窈窕的牧女之恋。

于是我的梦静静地来了，
但却载着沉重的昔日。

哦，现在，我是有一些寒冷，
一些寒冷，和一些忧郁。

你这样的女人

你
丁香花一样清香淡雅的女子
一袭紫衣
及腰的长发
只为
千年前的一句承诺
只为
前世的未了情缘
千年后
带着一颗痴心
你
从古老的年代走来
打着他送的小纸扇
从烟雨蒙蒙的小巷
青石铺就的小道

娉婷走过来

你

用你的感觉

用你的心

一路寻寻觅觅

漫漫长路

何处是你的尽头

何处是你的港湾

烟雨迷茫

你跌倒了

再

爬起

继续优雅地走下去

唉

你这样的固执的女人

漫漫长路

何处是你的终点站

滚滚红尘

何处是你停泊的港湾

在这条路上

你

继续优雅地走着

唉

你这样的一个痴心女人

御街行

满帘红雨春将老，说不尽，阳春好。
问君何处是春归，何处春归遍杳？
一庭绿意，玉阶伫立，似觉春还早。

天涯路断蘼芜草，留不住，春去了。
雨丝风片尽连天，愁思撩来多少？
残莺无奈，声声啼断，与我堪同调。

夜　坐

思吗？

思也无聊！

梦吗？

梦又魂消！

如此中秋月夜，

在我当作可怜宵。

独自对银灯，

悲思从衷起。

无奈若个人儿，

盈盈隔秋水。

亲爱的啊！

你也相忆否？

狼和羔羊（寓言诗）

一只小羔羊，

饮水清溪旁。

忽然有一头饿狼，

觅食来到这地方。

他看见羔羊容易欺，

就板起脸儿发脾气：

"你好胆大妄为，

搅浑了我的饮水！

我一定得责罚你，

不容你作歹为非！"

羔羊回答道："陛下容禀：

请陛下暂息雷霆，

小臣是在下流饮水，

陛下在上流，水怎样会弄秽？

陛下贤明聪慧，

一定明白小臣没有弄浑溪水。"

饥狼闻言说道："别嘴强，

我说你弄浑就弄浑。

你这东西实在可恶，

去年你还骂过我。"

"去年我怎样会对陛下有不敬之辞？

那时我还没有出世，

我是今年三月才出胎，

现在还是在吃奶。"

"不是你，一定是你的哥哥。"

"我没有弟兄。""真可恶，

不要嘴强，我不管你，

不是你哥哥，一定是你的亲戚。

你们这些家伙全不是好东西，

还有看羊人和狗，全合在一起，

整天跟我为难，从来不放手，

别人对我说，一定得报仇。"

说时迟，那时快，

狼心起，把人害，

一跳过去把羊擒，

咬住就向树林行，

也不再三问五审，

把羔羊送给五脏神。

寓言曰：一朝权在手，黑白原不分，
何患无辞说，加以大罪名。
不管你分辩声明，
请戴红帽子一顶。
让你遭殃失意，
我且饱了肚皮。

断　篇

我用无形的手掌摸索广大的土地：
这一角已破碎，那一角是和着血的泥，
那辽远的地方依然还完整，硬坚，
我依稀听到从那里传来雄壮的声音。

辽远的声音啊，虽然低沉，我仍听到，
听到你的呼召，也听到我的心的奔跳，
这两个声音，他们在相互和应，招邀……
啊！在这血染的岛上，我是否要等到老？

小 诗

寒流流着，
暖流流着，
大海啊，
给谁以冷，
给谁以暖啊？

这是荒岛，
这是白帆，
这是礁石，
指点着往日。

一个波浪过去了，
一个波浪过去了，
礁石在无边的海上，
凝望着，凝望着。

望舒诗论 [1]

一、诗不能借重音乐，它应该去了音乐的成分。

二、诗不能借重绘画的长处。

三、单是美的字眼的组合不是诗的特点。

四、象征派的人们说："大自然是被淫过一千次的娼妇。"但是新的娼妇安知不会被淫过一万次，被淫的次数是没有关系的，我们要有新的淫具，新的淫法。

五、诗的韵律不在字的抑扬顿挫上，而在诗的情绪的抑扬顿挫上，即在诗情的程度上。

六、新诗最重要的是诗情上的 nuance 而不是字句上的 nuance（法文：变异）。

七、韵和整齐的字句会妨碍诗情，或使诗情成为畸形的。倘把

------

① 原载于 1932 年《现代》第二卷第一期，1933 年收入《望舒草》时更名为《诗论零札》。

诗的情绪去适应呆滞的、表面的旧规律，就和用自己的足去穿别人的鞋子一样。愚劣的人们削足适履，比较聪明一点的人选择较合脚的鞋子，但是智者却为自己制最合自己的脚的鞋子。

八、诗不是某一个官感的享乐，而是全官感或超官感的东西。

九、新的诗应该有新的情绪和表现这种情绪的形式。所谓形式，决非表面上的字的排列，也决非新的字眼的堆积。

十、不必一定拿新的事物来做题材（我不反对拿新的事物来做题材），旧的事物中也能找到新的诗情。

十一、旧的古典的应用是无可反对的，在它给予我们一个新情绪的时候。

十二、不应该有只是炫奇的装饰癖，那是不永存的。

十三、诗应该有自己的 originalité （法文：特征），但你须使它有 cosmopolité （法文：普遍）性，两者不能缺一。

十四、诗是由真实经过想象而出来的，不单是真实，亦不单是想象。

十五、诗应当将自己的情绪表现出来，而使人感到一种东西，诗本身就像是一个生物，不是无生物。

十六、情绪不是用摄影机摄出来的，它应当用巧妙的笔触描写出来。这种笔触又须是活的，千变万化的。

十七、只在用某一种文字写来，某一国人读了感到好的诗，实际上不是诗，那最多是文字的魔术。真的诗的好处并不就是文字的长处。

译诗选

信天翁

[法] 波特莱尔 [1]

时常地，为了戏耍，船上的人员
捕捉信天翁，那种海上的巨禽——
这些无挂碍的旅伴，追随海船，
跟着它在苦涩的漩涡上航行。

当他们把它们一放到船板上，
这些青天的王者，羞耻而笨拙，
就可怜地垂倒在他们的身旁
它们洁白的巨翼，像一双桨棹。

这插翅的旅客，多么呆拙委颓！

---

① 波特莱尔（Charles Baudelaire，1821—1867），法国 19 世纪最著名的
现代派诗人，象征派诗歌先驱，其作品《恶之花》是 19 世纪最具有影响力
的诗集之一。

往时那么美丽，而今丑陋滑稽！
这个人用烟斗戏弄它的尖嘴，
那个人学这飞翔的残废者拐躄！

诗人恰似天云之间的王君，
它出入风波间又笑傲弓弩手；
一旦堕落在尘世，笑骂尽由人，
它巨人般的翼翅妨碍它行走。

高 举

[法] 波特莱尔

在池塘的上面，在溪谷的上面，
临驾于高山，树林，天云和海洋，
超越过灏气，超越过太阳，
超越过那缀星的天球的界限。

我的心灵啊，你在敏捷地飞翔，
恰如善泳的人沉迷在波浪中，
你欣然犁着深深的广袤无穷，
怀着雄赳赳的狂欢，难以言讲。

远远地从这疾病的瘴气飞脱，
到崇高的大气中去把你洗净，
像一种清醇神明的美酒，你饮
滂渤弥漫在空间的光明的火。

那烦郁和无边的忧伤的沉重

沉甸甸压住笼着雾霭的人世，

幸福的惟有能够高举起健翅，

从它们后面飞向明朗的天空！

幸福的惟有思想如云雀悠闲，

在早晨冲飞到长空，没有挂碍，

——翱翔在人世之上，轻易地了解

那花枝和无言的万物的语言！

应　和

[法] 波特莱尔

自然是一庙堂，那里活的柱石
不时地传出模糊隐约的语音……
人穿过象征的林从那里经行，
树林望着他，投以熟稔的凝视。

正如悠长的回声遥遥地合并，
归入一个幽黑而渊深的和协——
广大有如光明，浩漫有如黑夜——
香味，颜色和声音都互相呼应。

有的香味新鲜如儿童的肌肤，
柔和有如洞箫，翠绿有如草场，
——别的香味呢，腐烂，轩昂而丰富，

具有着无极限的品物底扩张，

如琥珀香、麝香、安息香，篆烟香，

那样歌唱性灵和官感的欢狂。

美

[法] 波特莱尔

哦，世人！我美丽有如石头的梦，
我的使每个人轮流斫丧的胸
生来使诗人感兴起一种无穷
而缄默的爱情，正和元素相同。

如难解的斯芬克斯，我御碧霄：
我将雪的心融于天鹅的皓皓；
我憎恶动势，因为它移动线条，
我永远也不哭，我永远也不笑。

诗人们，在我伟大的姿态之前
（我似乎仿之于最高傲的故迹）
将把岁月消磨于庄严的钻研；

因为要叫驯服的情郎们眩迷，
我有着使万象更美丽的纯镜：
我的眼睛，我光明不灭的眼睛！

异国的芬芳

[法] 波特莱尔

秋天暖和的晚间，当我闭了眼
呼吸着你炙热的胸膛的香味，
我就看见展开了幸福的海湄，
炫照着一片单调太阳的火焰；

一个闲懒的岛，那里"自然"产生
奇异的树和甘美可口的果子；
产生身体苗条壮健的小伙子，
和眼睛坦白叫人惊异的女人。

被你的香领向那些迷人地方，
我看见一个港，满是风帆桅樯，
都还显着大海的风波的劳色，

同时那绿色的罗望子的芬芳——
在空中浮动又在我鼻孔充塞，
在我心灵中和人水手的歌唱。

赠你这几行诗

[法] 波特莱尔

赠你这几行诗，为了我的姓名

如果侥幸传到那辽远的后代，

一晚叫世人的头脑做起梦来，

有如船儿给大北风顺势推行，

像缥渺的传说一样，你的追忆，

正如那铜弦琴，叫读书人烦厌，

由于一种友爱而神秘的锁链

依存于我高傲的韵，有如悬系：

受咒诅的人，从深渊直到天顶，

除我以外，什么也对你不回应！

——哦，你啊，像一个影子，踪迹飘忽，

你用轻盈的脚和澄澈的凝视
践踏批评你苦涩的尘世蠢物，
黑玉眼的雕像，铜额的大天使！

黄昏的和谐

[法] 波特莱尔

现在时候到了，在茎上震颤颤，
每朵花氤氲浮动，像一炉香篆；
音和香味在黄昏的空中回转；
忧郁的圆舞曲和懒散的昏眩。

每朵花氤氲浮动，像一炉香篆；
提琴颤动，恰似心儿受了伤残；
忧郁的圆舞曲和懒散的昏眩！
天悲哀而美丽，像一个大祭坛。

提琴颤动，恰似心儿受了伤残，
一颗柔心，它恨虚无的黑漫漫！
天悲哀而美丽，像一个大祭坛；
太阳在它自己的凝血中沉湮……

一颗柔心（它恨虚无的黑漫漫）
收拾起光辉昔日的全部余残！
太阳在它自己的凝血中沉湮……
我心头你的记忆"发光"般明灿！

邀　旅

[法] 波特莱尔

孩子啊，妹妹

想想多甜美

到那边去一起生活！

逍遥地相恋，

相恋又长眠

在和你相似的家国！

湿太阳高悬

在云翳的天

在我的心灵里横生

神秘的娇媚，

却如隔眼泪

耀着你精灵的眼睛。

那里，一切只是整齐和美，

豪侈，平静和那欢乐迷醉。

陈设尽辉煌，
给年岁研光，
装饰着我们的卧房，
珍奇的花卉
把它们香味
和入依微的琥珀香，
华丽的藻井，
深湛的明镜，
东方的那璀璨豪华，
一切向心灵
秘密地诉陈
它们温和的家乡话。

那里，一切只是整齐和美，
豪侈，平静和那欢乐迷醉。

看，在运河内
船舶在沉睡——
它们的情性爱流浪；
为了要使你
百事都如意，

它们才从海角来航。
西下夕阳明，
把朱玉黄金
笼罩住运河和田陇
和整个城镇；
世界睡沉沉
在一片暖热的光中。

那里，一切只是整齐和美，
豪侈，平静和那欢乐迷醉。

秋　歌

[法] 波特莱尔

一

不久我们将沉入寒冷的幽暗，
再会，我们太短的夏日的辉煌！
我已经听到，带着阴森的震撼，
薪木在庭院的石上声声应响。

整个冬日将回到我心头：愤怒，
憎恨，战栗，恐怖，和强迫的劳苦，
正如太阳做北极地狱的囚徒，
我的心将是红冷的一块顽物。

我战栗着听块块坠下的柴木；
筑刑架也没有更沉着的回响。

我心灵好似个堡垒，终于屈服，
受了沉重不倦的撞角的击撞。

为这单调的震撼所摇，我好像
什么地方有人匆忙把棺材钉……
给谁？——昨天是夏；今天秋已临降！
这神秘的声响好像催促登程。

二

我爱你长睛碧辉，温柔的美人，
可是我今朝觉得事事尽堪伤，
你的爱情和妆室，和炉火温存，
看来都不及海上辉煌的太阳。

然而爱我，温柔的心！做个慈母，
纵然是对刁儿，纵然是对逆子；
恋人或妹妹，请你做光耀的秋
或残阳的温柔，由它短暂如此。

短工作！坟墓在等；它贪心无厌！
啊！容我把我的头靠在你膝上，
怅惜着那酷热的白色的夏天，
去尝味那残秋的温柔的黄光。

枭 鸟

[法] 波特莱尔

上有黑水松做遮障，
枭鸟们并排地栖止，
好像是奇异的神祇，
红眼射光。它们默想。

它们站着一动不动
一直到忧郁的时光；
到时候，推开了斜阳，
黑暗将把江山一统。

它们的态度教智者
在世上应畏如蛇蝎：
那芸芸众生和活动；

对过影醉心的人类
永远地要受罚深重——
为了他曾想换地位。

音 乐

[法] 波特莱尔

音乐时常飘我去，如在大海中！
向我苍白的星
在浓雾荫下或在浩漫的太空，
我扬帆望前进；

胸膛向前挺，又鼓起我的两肺，
好像张满布帆，
我攀登重波积浪的高高的背——
黑夜里分辨难。

我感到苦难的船的一切热情
在我心头震颤；
顺风，暴风和临着巨涡的时辰，

它起来的痉挛
摇抚我。——有时，波平有如大明镜，
照我绝望孤影！

裂　钟

[法] 波特莱尔

又苦又甜的是在冬天的夜里，
对着闪烁又冒烟的炉火融融，
听辽远的记忆慢腾腾地升起，
应着在雾中歌唱的和鸣的钟。

幸福的是那口大钟，嗓子洪亮，
它虽然年老，却矍铄而又遒劲，
虔信地把它宗教的呼声高放，
正如那在营帐下守夜的老兵。

我呢，灵魂开了裂，而当它烦闷
想把夜的寒气布满它的歌声，
它的嗓子就往往会低沉衰软，

像被遗忘的伤者的沉沉残喘——
他在血湖边，在大堆死尸下底，
一动也不动，在大努力中垂毙。

风 景

[法] 波特莱尔

为要纯洁地写我的牧歌，我愿
躺在天旁边，像占星家们一般，
和那些钟楼为邻，梦沉沉谛听
它们为风飘去的庄严颂歌声。
两手托腮，在我最高的顶楼上，
我将看见那歌吟冗语的工场；
烟囱，钟楼，都会的这些桅樯，
和使人梦想永恒的无边昊苍。

温柔的是隔着那些雾霭望见
星星生自碧空，灯火生自窗间，
烟煤的江河高高地升到苍穹，
月亮倾泻出它的苍白的迷梦。
我将看见春天，夏天和秋天，

而当单调白雪的冬来到眼前，
我就要到处关上窗扉，关上门，
在黑暗中建筑我仙境的宫廷。

那时我将梦到微青色的天边，
花园，在纯白之中泣诉的喷泉，
亲吻，鸟儿（它们从早到晚地啼）
和田园诗所有最稚气的一切。
乱民徒然在我窗前兴波无休，
不会叫我从小桌抬起我的头；
因为我将要沉湮于逸乐狂欢，
可以随心任意地召唤回春天，
可以从我心头取出一片太阳，
又造成温雾，用我炙热的思想。

我没有忘记

[法] 波特莱尔

我没有忘记，离城市不多远近，
我们的白色家屋，虽小却恬静；
它石膏的果神和老旧的爱神
在小树丛里藏着她们的赤身；
还有那太阳，在傍晚，晶莹华艳，
在折断它的光芒的玻璃窗前，
仿佛在好奇的天上睁目不闪，
凝望着我们悠长静默的进膳，
把它巨蜡般美丽的反照广布
在朴素的台布和哔叽的帘幕。

赤心的女仆

[法] 波特莱尔

那赤心的女仆，当年你妒忌她，
现在她睡眠在卑微的草地下，
我们也应该带几朵花去供奉。
死者，可怜的死者，都有大苦痛；
当十月这老树的伐枝人嘘吹
它的悲风，围绕着他们的墓碑，
他们一定觉得活人真没良心，
那么安睡着，暖暖地拥着棉衾，
他们却被黑暗的梦想所煎熬，
既没有共枕人，也没有闲说笑，
老骨头冰冻，给虫豸蛀到骨髓，
他们感觉冬天的雪在渗干水，
感觉世纪在消逝，又无友无家
去换挂在他们墓栏上的残花。

假如炉薪啸歌的时候，在晚间，
我看见她坐到圈椅上，很安闲，
假如在十二月的青色的寒宵，
我发现她蜷缩在房间的一角，
神情严肃，从她永恒的床出来，
用慈眼贪看着她长大的小孩；
看见她凹陷的眼睛坠泪滚滚，
我怎样来回答这虔诚的灵魂？

亚伯和该隐 [①]

[法] 波特莱尔

一

亚伯的种，你吃，喝，睡；
上帝向你微笑亲切。

该隐的种，在污泥水
爬着，又可怜地绝灭。

亚伯的种，你的供牲
叫大天神闻到喜欢！

---

① 据《圣经》记载，亚当和夏娃生有两个儿子，大儿子叫该隐，他是一个农夫，种庄稼的；小儿子叫亚伯，他是一个牧羊人，替父亲照顾羊群。后来，该隐因嫉妒而杀死了亚伯。

该隐的种，你的苦刑
可是永远没有尽完?

亚伯的种，你的播秧
和牲畜，瞧，都有丰收；

该隐的种，你的五脏
在号饥，像一只老狗。

亚伯的种，族长炉畔，
你袒开你的肚子烘；

该隐的种，你却寒战，
可怜的豺狼，在窟洞!

亚伯的种，恋爱，繁殖!
你的金子也生金子。

该隐的种，心怀燃炽，
这大胃口你得当心。

亚伯的种，臭虫一样，
你在那里滋生，吞刮!

该隐的种，在大路上
牵曳你途穷的一家。

二

亚伯的种，你的腐尸
会壅肥了你的良田！

该隐的种，你的大事
还没有充分做完全；

亚伯的种，看你多羞
铁剑却为白梃所败！

该隐的种，升到天宙，
把上帝扔到地上来！

发
[法] 果尔蒙 [1]

西茉纳，有个大神秘

在你头发的林里。

你吐着干刍的香味，你吐着野兽

睡过的石头的香味；

你吐着熟皮的香味，你吐着刚簸过的

小麦的香味，

你吐着木材的香味，你吐着早晨送来的

面包的香味；

你吐着沿荒垣

开着的花的香味；

你吐着黑莓的香味，你吐着被雨洗过的

---

① 果尔蒙（Remy de Gourmont, 1858—1915），法国后期象征派诗人，代表作为《西茉纳集》。

长春藤的香味；

你吐着黄昏间割下的

灯心草和薇蕨的香味，

你吐着冬青的香味，你吐着藓苔的香味，

你吐着在篱阴结了种子的

衰黄的野草的香味；

你吐着荨麻如金雀花的香味，

你吐着苜蓿的香味，你吐着牛乳的香味，

你吐着茴香的香味；

你吐着胡桃的香味，你吐着熟透而采下的

果子的香味；

你吐着花繁叶满时的

柳树和菩提树的香味，

你吐着蜜的香味，你吐着徘徊在牧场中的

生命的香味；

你吐着泥土与河的香味；

你吐着爱的香味，你吐着火的香味。

西茉纳，有个大神秘

在你头发的林里。

山　楂

[法] 果尔蒙

西茉纳，你的温柔的手有了伤痕，
你哭着，我却要笑这奇遇。

山楂防御它的心和它的肩，
它已将它的皮肤许给了最美好的亲吻。

它已披着它的梦和祈祷的大幕，
因为它和整个大地默契；

它和早晨的太阳默契，
那时惊醒的群蜂正梦着苜蓿和百里香，

和青色的鸟，蜜蜂和飞蝇，
和周身披着天鹅绒的大土蜂，

和甲虫、细腰蜂，金栗色的黄蜂，

和蜻蜓，和蝴蝶，

以及一切有趣的，和在空中

像三色堇一样地舞着又徘徊着的花粉；

它和正午的太阳默契，

和石，和风，和雨，

以及一切过去的，和红如蔷薇，

洁如明镜的薄暮的太阳，

和含笑的月儿以及和露珠，

和天鹅，和织女，和银河；

它有如此皎白的前额而它的灵魂是如此纯洁，

使它在全个自然中钟爱它自身。

冬 青

[法] 果尔蒙

西茉纳，太阳含笑在冬青树叶上；
四月已回来和我们游戏了。

他将些花篮背在肩上，
他将花枝送给荆棘、栗树、杨柳；

他将长生草留给水，又将石楠花
留给树木，在枝干伸长着的地方；

他将紫罗兰投在幽阴中，在黑莓下，
在那里，他的裸足大胆地将它们藏好又踏下，

他将雏菊和有一个小铃项圈的
樱草花送给了一切的草场；

他让铃兰和白头翁一齐坠在
树林中，沿着幽凉的小径；

他将鸢尾草种在屋顶上
和我们的花园中，西茉纳，那里有好太阳，

他散布鸽子花和三色堇，
风信子和那丁香的好香味。

雾

[法] 果尔蒙

西茉纳，穿上你的大氅和你黑色的大木靴，
我们将像乘船似的穿过雾中去。

我们将到美的岛上去，那里的女人们
像树木一样地美，像灵魂一样地赤裸；
我们将到那些岛上去，那里的男子们
像狮子一样的柔和，披着长而褐色的头发，
来啊，那没有创造的世界从我们的梦中等着
它的法律，它的欢乐，那些使树开花的神
和使树叶炫烨而幽响的风。
来啊，无邪的世界将从棺中出来了。

西茉纳，穿上你的大氅和你黑色的大木靴，
我们将像乘船似的穿过雾中去。

我们将到那些岛上去，那里有高山，
从山头可以看见原野的平寂的幅员，
和在原野上啮草的幸福的牲口，
像杨柳树一样的牧人，和用禾叉
堆在大车上面的稻束：
阳光还照着，绵羊歇在
牲口房边，在园子的门前，
这园子吐着地榆、莴苣和百里香的香味。

西茉纳，穿上你的大氅和你黑色的大木靴，
我们将像乘船似的穿过雾中去。

我们将到那些岛上去，那里灰色和青色的松树
在西风飘过它们的发间的时候歌唱着。
我们卧在它们的香荫下，将听见
那受着愿望的痛苦而等着
肉体复活之时的幽灵的烦怨声。
来啊，无限在昏迷而欢笑，世界正沉醉着：
梦沉沉地在松下，我们许会听得
爱情的话，神明的话，辽远的话。

西茉纳，穿上你的大氅和你黑色的大木靴，
我们将像乘船似的穿过雾中去。

雾 221

雪

[法] 果尔蒙

西茉纳，雪和你的颈一样白，
西茉纳，雪和你的膝一样白。

西茉纳，你的手和雪一样冷，
西茉纳，你的心和雪一样冷。

雪只受火的一吻而消溶，
你的心只受永别的一吻而消溶。

雪含愁在松树的枝上
你的前额含愁在你栗色的发下。

西茉纳，你的妹妹雪睡在庭中。
西茉纳，你是我的雪和我的爱。

河

[法] 果尔蒙

西茉纳，河唱着一支淳朴的曲子，

来啊，我们将走到灯心草和蓬骨间去；

是正午了：人们抛下了他们的犁，

而我，我将在明耀的水中看见你的跣足。

河是鱼和花的母亲；

是树、鸟、香、色的母亲；

她给吃了谷又将飞到

一个辽远的地方去的鸟儿喝水，

她给那绿腹的青蝇喝水，

她给像船奴似的划着的水蜘蛛喝水。

河是鱼的母亲：她给它们
小虫、草、空气和臭氧气；

她给它们爱情：她给它们翼翅，
使它们追踪它们的女性的影子到天边。

河是花的母亲，虹的母亲，
一切用水和一些太阳做成的东西的母亲：
她哺养红豆草和青草，和有蜜香的
绣线菊，和毛蕊草。

它是有像鸟的茸毛的叶子的；
她哺养小麦，苜蓿和芦苇；

她哺养苎麻；她哺养亚麻；
她哺养燕麦、大麦和荞麦；

她哺养裸麦、河柳和林檎树；
她哺养垂柳和高大的白杨。

河是树木的母亲：美丽的橡树
曾用它们的脉管在她的河床中吸取清水。

河使天空肥沃：当下雨时，
那是河，她升到天上，又重降下来；

河是一个很有力又很纯洁的母亲。
河是全个自然的母亲。

西茉纳，河唱着一支淳朴的曲子，
来啊，我们将走到灯心草和蓬骨间去；

是正午了：人们抛下了他们的犁，
而我，我将在明耀的水中看见你的跣足。

果树园

[法] 果尔蒙

西茉纳,带一只柳条的篮子,
到果树园子去吧。
我们将对我们的林檎树说,
在走进果树园的时候:
林檎的时节到了,
到果树园去吧。西茉纳,
到果树园去吧。

林檎树上飞满了黄蜂,
因为林檎都已熟透了
有一阵大的嗡嗡声
在那老林檎树的周围。
林檎树上已结满了林檎,
到果树园去吧,西茉纳。
到果树园去吧。

我们将采红林檎，
黄林檎和青林檎，
更采那肉已烂熟的
酿林檎酒的林檎。
林檎的时节到了，
到果树园去吧，西茉纳，
到果树园去吧。

你将有林檎的香味
在你的衫子上和你的手上，
而你的头发将充满了
秋天的温柔的芬芳。
林檎树上都已结满了林檎，
到果树园去吧，西茉纳，
到果树园去吧。

西茉纳，你将是我的果树园
和我的林檎树；
西茉纳，赶开了黄蜂
从你的心和我的果树园。
林檎的时节到了，
到果树园去吧，西茉纳，
到果树园去吧。

园 子

[法] 果尔蒙

西茉纳，八月的园子
是芬芳、丰满而温柔的：
它有芜菁和莱菔，
茄子和甜萝卜，
而在那些惨白的生菜间，
还有那病人吃的莴苣；
再远些，那是一片白菜，
我们的园子是丰满而温柔的。

豌豆沿着攀竿爬上去；
那些攀竿正像那些
穿着饰红花的绿衫子的少妇一样。
这里是蚕豆，
这里是从耶路撒冷来的葫芦。

胡葱一时都抽出来了，
又用一顶王冕装饰着自己，
我们的园子是丰满而温柔的。

周身披着花边的天门冬
结熟了它们的珊瑚的种子；
那些链花，虔诚的贞女，
已用它们的棚架做了一个花玻璃大窗，
而那些无思无虑的南瓜
在好太阳中鼓起了它们的颊；
人们闻到百里香和茴香的气味，
我们的园子是丰满而温柔的。

磨 坊

[法] 果尔蒙

西茉纳，磨坊已很古了，它的轮子
满披着青苔，在一个大洞的深处转着：
人们怕着，轮子过去，轮子转着
好像在做一个永恒的苦役。

土墙战栗着，人们好像是在汽船上，
在沉沉的夜和茫茫的海之间：
人们怕着，轮子过去，轮子转着
好像在做一个永恒的苦役。

天黑了；人们听见沉重的磨石在哭泣，
它们是比祖母更柔和更衰老：
人们怕着，轮子过去，轮子转着
好像在做一个永恒的苦役。

磨石是如此柔和、如此衰老的祖母，

一个孩子就可以拦住，一些水就可以推动：

人们怕着，轮子过去，轮子转着

好像在做一个永恒的苦役。

他们磨碎了富人和穷人的小麦，

它们亦磨碎裸麦，小麦和山麦；

人们怕着，轮子过去，轮子转着

好像在做一个永恒的苦役。

它们是和最大的使徒们一样善良，

它们做那赐福与我们又救我们的面色：

人们怕着，轮子过去，轮子转着

好像在做一个永恒的苦役。

它们养活人们和柔顺的牲口，

那些爱我们的手又为我们而死的牲口，

人们怕着，轮子过去，轮子转着

好像在做一个永恒的苦役。

它们走去，它们啼哭，它们旋转，它们呼鸣，

自从一直从前起，自从世界的创始起：

人们怕着，轮子过去，轮子转着
好像在做一个永恒的苦役。

西茉纳，磨坊已很古了：它的轮子，
满披着青苔，在一个大洞的深处转着。

教　堂

[法] 果尔蒙

西茉纳，我很愿意，夕暮的繁喧
是和孩子们唱着的赞美歌一样柔和。
幽暗的教堂正像一个老旧的邸第；
蔷薇有爱情和篆烟的沉着的香味。

我很愿意，我们将缓缓地静静地走去，
受着刈草归来的人们的敬礼；
我先去为你开了柴扉，
而狗将含愁地追望我们多时。

当你祈祷的时候，我将想到那些
筑这些墙垣，钟楼，眺台
和那座沉重得像一头负着
我们每日罪孽的重担的驮兽的大殿的人们。

想到那些捶凿拱门石的人们，
他们是又在长廊下安置一个大圣水瓶的；
想到那些花玻璃窗上绘画帝王
和一个睡在村舍中的小孩子的人们。

我将想到那些锻冶十字架、
雄鸡、门链、门上的铁件的人们；
想到那些雕刻木头的
合手而死去的美丽的圣女的人们。
我将想到那些熔制钟的铜的人们，
在那里，人们投进一个黄金的羔羊去，
想到那些在一二一一年掘坟穴的人们：
在坟里，圣鄂克安眠着，像宝藏一样。

良 心

[法]V. 雨戈 ①

携带着他的披着兽皮的儿孙，

苍颜乱发，在狂风暴雨里奔行，

该隐从上帝耶和华前面奔逃，

当黑夜来时，这哀愁的人来到

山麓边，在那一片浩漫的平芜；

他疲乏的妻子和喘息的儿孙说：

"我们现在且躺在地上做回梦。"

该隐却睡不着，在山边想重重。

猛然间抬头，在凄戚的长天底，

他看见只眼睛，张大在幽暗里，

那眼睛在黑暗之中盯住看他。

---

① 现在通译为雨果（Victor Hugo，1802—1885），法国著名诗人、小说家，代表作主要有小说《巴黎圣母院》《悲惨世界》《笑面人》《九三年》，《惩罚集》《历代传说集》等诗作也广受好评。

"太近了，"他震颤着说了这句话。

推醒入睡的儿孙，疲倦的女人，

他又仓皇地重在大地上奔行。

他走了三十夜，他走了三十天，

他奔走着，战栗着，苍白又无言，

偷偷摸摸，没有回顾，没有留停！

没有休息，又没有睡眠。他行近

那从亚述始有的国土的海滨，

"停下吧，"他说，"这个地方可安身，

留在此地。我们到了大地尽头。"

但他一坐下，就在凄戚的天陬，

看见眼睛在原处，在天涯深处。

他就跳了起来，他惊战个不住。

"藏过我！"他喊着，于是他的儿孙，

掩唇不语，看愁苦的公公颤震。

该隐吩咐雅八——那在毡幕下面，

广漠间，生活着的人们祖先，

说道："把那帐篷靠着这一面张。"

他就张开了那一面飘摇的围墙，

当人们用了重铅锤把它压着，

"你不看见了吗？"棕发的洗拉说，

（他的子孙的媳妇，柔美若黎明。）

该隐回答说："我还看见这眼睛！"

犹八——那个飘游巡逡在村落间

吹号角敲大鼓的人们的祖先，

高声喊道："让我来造一重栅栏。"

他造了铜墙，让该隐在里面耽。

该隐说："这个眼睛老是望着我！"

以诺说："该造个环堡，坚固嵯峨，

使得随便什么人都不敢近来，

让我们来造一座高城和坚寨

让我们造一座高城，将它紧掩。"

于是土八该隐，铁匠们的祖先，

就筑了一座崔巍非凡的城池，

他的弟兄，在平原，当他工作时，

驱逐以挪士和赛特的儿孙；

他们又挖去了过路人的眼睛；

而晚间，他们飞箭去射那星光，

岩石代替了帐篷的飘摇的墙。

他们用铁钩把那大石块连并，

于是这座城便像是座地狱城；

城楼的影子造成了四乡的夜暮，

他们将城垣造得有山的厚度，

城门上铭刻着：禁止上帝进来。

当他们终于建筑完了这城砦，

将该隐在中央石护楼中供奉。

他便在里面愁苦。"啊，我的公公！
看不见眼睛吗！"洗拉战栗着说，
该隐却回答道："不，它老是在看。"
于是他又说："我愿意住在地底，
像一个孤独的人住在他墓里，
没有东西见我，我也不见东西。"
他们掘了个坑，该隐说："合我意！"
然后独自走到那幽暗的土茔，
当他在幽暗里刚在椅上坐稳，
他们在他头上铺上泥土层层，
眼睛已进了坟里，注视着该隐。

瓦上长天

[法] 魏尔伦①

瓦上长天

柔复青！

瓦上高树

摇娉婷。

天上鸣铃

幽复清。

树间小鸟

啼怨声。

帝啊，上界生涯

---

① 魏尔伦（Paul Verlaine，1844—1896），法国象征主义派别的早期领导人，他的诗歌以优雅、精美且富有音乐性而著称，代表作有《无题浪漫曲》《无言之歌》《智慧集》《过去》《平行》等。

温复淳。
低城飘下
太平音。

——你来何事
泪飘零，
如何消尽
好青春?

泪珠飘落萦心曲

[法] 魏尔伦

泪珠飘落萦心曲，

迷茫如雨蒙华屋；

何事又离愁，

凝思悠复悠。

霏霏窗外雨；

滴滴淋街宇；

似为我忧心，

低吟凄楚声。

泪珠飘落知何以？

忧思宛转凝胸际：

嫌厌未曾栽，

心烦无故来。

沉沉多怨虑，
不识愁何处；
无爱亦无嗔，
微心争不宁？

回旋舞

[法] 保尔·福尔 [①]

假如全世界的少女都肯携起手来，

她们可以在大海周围跳一个回旋舞。

假如全世界的男孩都肯做水手，

他们可以用他们的船在水上造成一座美丽的桥。

那时人们便可以绕着全世界跳一个回旋舞，

假如全世界的男女孩都肯携起手来。

---

① 保尔·福尔（Paul Fort1872—1960)，法国后期象征派诗人，被称为
"象征派诗王"。他的诗集有32卷之多，有名的《法兰西短歌集》包含了他
全部作品。戴望舒称他为"法国后期象征派中最淳朴、最光耀、最富有诗情
的诗人"。

我有几朵小青花

[法] 保尔·福尔

　　我有几朵小青花，我有几朵比你的眼睛更灿烂的小青花。——给我吧！——她们是属于我的，她们是不属于任何人的。在山顶上，爱人啊，在山顶上。

　　我有几粒红水晶，我有几粒比你嘴唇更鲜艳的红水晶。——给我吧！——她们是属于我的，她们是不属于任何人的。在我家里炉灰底下，爱人啊，在我家里炉灰底下。

　　我已找到了一颗心，我已找到了两颗心，我已找到了一千颗心。——让我看！——我已找到了爱情，她是属于大家的。在路上到处都有，爱人啊，在路上到处都有。

晓　歌

[法] 保尔·福尔

　　我的苦痛在哪里？我已没有苦痛了。我的恋人在哪里？我不去顾虑。

　　在柔温的海滩上，在晴爽的时辰，在无邪的清晨，哦，辽远的海啊！

　　我的苦痛在哪里？我已没有苦痛了。我的恋人在哪里？我不去顾虑。

　　海上的微风，你的飘带的波浪啊，你的在我洁白的指间的飘带的波浪啊！

　　我的恋人在哪里？我已没有苦痛了。我的苦痛在哪里？我不去顾虑。

　　在珠母色的天上，我的眼光追随过那闪耀着露珠的，灰色的海鸥。

　　我已没有苦痛了。我的恋人在哪里？我的苦痛在哪里？我已没有恋人了。

　　在无邪的清晨，哦，辽远的海啊！这不过是日边的低语。

　　我的苦痛在哪里？我已没有苦痛了。这不过是日边的低语。

晚 歌

[法] 保尔·福尔

森林的风要我怎样啊，在夜间摇着树叶？

森林的风要我们什么啊，在我们家里惊动着火焰？

森林的风寻找着什么啊，敲着窗儿又走开去？

森林的风看见了什么啊，要这样地惊呼起来？

我有什么得罪了森林的风啊，偏要裂碎我的心？

森林的风是我的什么啊，要我流了这样多的眼泪？

夏夜之梦

[法] 保尔·福尔

山间自由的蔷薇昨晚欢乐地跳跃，而一切田野间的蔷薇，在一切的花园中都说：

"我的姊妹们，我们轻轻地跳过栅子吧。园丁的喷水壶比得上晶耀的雾吗？"

在一个夏夜，我看见在大地一切的路上，花坛的蔷薇都向一枝自由的蔷薇跑去！

幸 福

[法] 保尔·福尔

幸福是在草场中。快跑过去，快跑过去。
幸福是在草场中，快跑过去，它就要溜了。

假如你要捉住它，快跑过去，快跑过去。
假如你要捉住它，快跑过去，它就要溜了。

在杉菜和野茴香中，快跑过去，快跑过去。
在杉菜和野茴香中，快跑过去，它就要溜了。

在羊角上，快跑过去，快跑过去。
在羊角上，快跑过去，它就要溜了。

在小溪的波上，快跑过去，快跑过去。

在小溪的波上，快跑过去，它就要溜了。

从林檎树到樱桃树，快跑过去，快跑过去。
从林檎树到樱桃树，快跑过去，它就要溜了。

跳过篱垣，快跑过去，快跑过去。
跳过篱垣，快跑过去！它已溜了！

屋子会充满了蔷薇

[法] 耶麦 ①

屋子会充满了蔷薇和黄蜂，

在午后，人们会在那儿听到晚祷声，

而那些颜色像透明的宝石的葡萄

似乎会在太阳下舒徐的幽阴中睡觉。

我在那儿会多么地爱你！我给你我整个的心，

（它是二十四岁）和我的善讽的心灵，

我的骄傲，我的白蔷薇的诗也不例外；

然而我却不认得你，你是并不存在，

我只知道，如果你是活着的，

如果你是像我一样地在牧场深处，

我们便会欢笑着接吻，在金色的蜂群下，

---

① 耶麦（Francis Jarnmes，1868—1938），法国现代大诗人。除了多次去巴黎参加文学沙龙，他一生的大部分光阴都在比利牛斯山区度过。

在凉爽的溪流边，在浓密的树叶下
我们只会听到太阳的暑热。
在你的耳上，你会有胡桃树的阴影，
随后我们会停止了笑，密合我们的嘴，
来说那人们不能说的我们的爱情；
于是我会找到了，在你的嘴唇的胭脂色上，
金色的葡萄的味，红蔷薇的味，蜂儿的味。

我爱那如此温柔的驴子

[法] 耶麦

我爱那如此温柔的驴子，
它沿着冬青树走着。

它提防着蜜蜂
又摇动它的耳朵；

它还载着穷人们
和满装着燕麦的袋子。

它跨着小小的快步
走近那沟渠。

我的恋人以为它愚蠢。
因为它是诗人。

它老是思索着。

它的眼睛是天鹅绒的。

温柔的少女啊，

你没有它的温柔：

因为它是在上帝面前的，

这青天的温柔的驴子。

而它住在牲口房里，

忍耐又可怜，

把它的可怜的小脚

走得累极了

它已尽了它的职务

从清晨到晚上。

少女啊，你做了些什么？

你已缝过你的衣衫……

可是驴子却伤了：

因为虻蝇螫了它。

它竭力地操作过
使你们看了可怜。

小姑娘，你吃过什么了？
——你吃过樱桃吧。

驴子却燕麦都没得吃，
因为主人太穷了。

它吮着绳子，
然后在幽暗中睡了……

你的心儿的绳子
没有那样甜美。

它是如此温柔的驴子，
它沿着冬青树走着。

我有"长恨"的心：
这两个字会得你的欢心。

对我说吧，我的爱人，
我还是哭呢，还是笑?

去找那衰老的驴子，
向它说：我的灵魂

是在那些大道上的，
正和它清晨在大道上一样。

去问它，爱人啊，
我还是哭呢，还是笑?

我怕它不能回答：
它将在幽暗中走着，

充满了温柔，
在披花的路上。

少 女

[法] 耶麦

那少女是洁白的，
在她的宽阔的袖口里，
她的腕上有蓝色的静脉。

人们不知道她为什么笑着。
有时她喊着，
声音是刺耳的。

难道她恐怕
在路上采花的时候
摘了你们的心去吗？

有时人们说她是知情的。
不见得老是这样吧。

她是低声小语着的。

"哦！我亲爱的！啊，啊……
……你想想……礼拜三
我见过他……我笑……了。"她这样说。

有一个青年人苦痛的时候，
她先就不做声了，
她十分吃惊，不再笑了。

在小径上
她双手采满了
有刺的灌木和蕨薇。

她是颀长的，她是洁白的，
她有很温存的手臂。
她是亭亭地立着而低下了头的。

树脂流着

[法] 耶麦

其一

樱树的树脂像金泪一样地流着。

爱人呵，今天是像在热带中一样热：

你且睡在花荫里吧，

那里蝉儿在老蔷薇树的密叶中高鸣。

昨天在人们谈话着的客厅里你很拘束……

但今天只有我们两人了——露丝·般珈儿！

穿着你的布衣静静地睡吧，

在我的密吻下睡着吧。

天热得使我们只听见蜜蜂的声音……

多情的小苍蝇，你睡着吧！

这又是什么响声？……这是眠着翡翠的
榛树下的溪水的声音……
睡着吧……我已不知道这是你的笑声
还是那光耀的卵石上的水流声……

其二

你的梦是温柔的——温柔得使你微微地
微微地动着嘴唇——好像一个甜吻……
说呵，你梦见许多洁白的山羊
到岩石上芬芳的百里香间去休憩吗？
说呵，你梦见树林中的青苔间，
一道清泉突然合着幽韵飞涌出来吗？
——或者你梦见一只桃色、青色的鸟儿，
冲破了蜘蛛的网，惊走了兔子吗？

你梦见月亮是一朵绣球花吗？……
——或者你还梦见在井栏上
白桦树开着那散着没药香的金雪的花吗？

——或者你梦见你的嘴唇映在水桶底里，
使我以为是一朵从老蔷薇树上
被风吹落到银色的水中的花吗？

天要下雪了

赠 Léopold Bauby

[法] 耶麦

天要下雪了，再过几天。我想起去年。
在火炉边我想起了我的烦忧。
假如有人问我："什么啊？"
我会说："不要管我吧。没有什么。"

我深深地想过，在去年，在我的房中，
那时外面下着沉重的雪。
我是无事闲想着。现在，正如当时一样
我抽着一枝琥珀柄的木烟斗。

我的橡木的老伴侣老是芬芳的。
可是我却愚蠢，因为许多事情都不能变换，

而想要赶开了那些我们知道的事情
也只是一种空架子罢了。

我们为什么想着谈着？这真奇怪；
我们的眼泪和我们的接吻，它们是不谈的，
然而我们却了解它们，
而朋友的步履是比温柔的言语更温柔。

人们将星儿取了名字，
也不想想它们是用不到名字的，
而证明在暗中将飞过的美丽彗星的数目，
是不会强迫它们飞过的。

现在，我去年老旧的烦忧是在哪里？
我难得想起它们。
我会说："不要管我吧，没有什么，"
假使有人到我房里来问我："什么啊？"

为带驴子上天堂而祈祷

[法] 耶麦

在应该到你那儿去的时候，天主啊，

请使那一天是欢庆的田野扬尘的日子吧。

我愿意，正如我在这尘世上一般，

选择一条路走，如我的意愿，

到那在白昼也布满星星的天堂。

我将走大路，携带着我的手杖，

于是我将对我的朋友驴子们说端详：

我是法朗西思·耶麦，现在上天堂，

因为好天主的乡土中，地狱可没有。

我将对它们说：来，青天的温柔的朋友，

你们这些突然晃着耳朵去赶走

马蝇，鞭策蜜蜂的可怜的亲爱的牲口，

请让我来到你面前，围着这些牲口——

我那么爱它们，因为它们慢慢地低下头，

并且站住，一边把它们的小小的脚并齐，

样子是那么地温柔，会叫你怜惜。

我将来到，后面跟着它们的耳朵无数双，

跟着那些驴儿，在腰边驮着大筐，

跟着那些驴儿，拉着卖解人的车辆，

或是拉着大车，上面有毛帚和白铁满装，

跟着那些驴儿，背上驮着隆起的水囊，

跟着那些母驴，踏着小步子，大腹郎当，

跟着那些驴儿，穿上了小腿套一双双，

因为它们有青色的流脓水的伤创，

惹得固执的苍蝇聚在那里着了忙。

天主啊，让我和这些驴子同来见你，

叫天神们在和平之中将我们提携，

行向草木丛生的溪流，在那里，

颤动着樱桃，光滑如少女欢笑的肤肌，

而当我在那个灵魂的寄寓的时候，

俯身临着你的神明的水流，

使我像那些对着永恒之爱的清渠

鉴照着自己卑微而温柔的寒伧的毛驴。

心灵出去

[法] 比也尔·核佛尔第[①]

多少部书！一座寺院，厚厚的墙是用书砌成的。

那边，在那我不知道怎样，我不知道从哪儿进去的里面，我窒息着；天花板是灰色的，蒙了灰尘。一点声音都没有。

那一边多么伟大的思想都不再动了；它们睡着或是已经死了。在这悲哀的宫里，天气是那么地热，那么地阴郁！

我用我的指爪抓墙壁，于是一块一块地，我在右边的墙上挖了一个洞。

那是一扇窗，而那想把我眼睛弄瞎的太阳，不能阻止我向上面眺望。

那是街路，但是那座宫已不再在那儿了。我已经认识了别一些灰尘和别一些围着人行道的墙了。

---

① 比也尔·核佛尔第（Pierre Reverdy，1889—1960），法国超现实主义先驱，法国现代新诗人。

假门或肖像

[法] 比也尔·核佛尔第

在不动地在那面的一块地方

在四条线之间

白色在那儿映掩着的方形

那托住你的颊儿的手

月亮

一个升了火的脸儿

另一个人的侧影

但你的眼睛

我跟随那引导我的灯

放在濡湿的眼皮上的一个手指

在中央

眼泪在这空间之内流着

在四条线之间

一片镜子

白与黑

[法] 比也尔·核佛尔第

除了生活在这盏灯的大白树以外

如何生活在别的地方

老人已把他的象牙的牙齿一个个地丢了

何苦继续去咬些永远

不死的孩子

老人

牙齿

然而那不是同样的那个梦

而当他自以为他竟和上帝

一样伟大他变了他的宗教

而离开了他的老旧的黑房间

然后他买了些新的领结

和一个衣橱

但是现在他的和树一样白的头

实际上只是一个可怜的小球
在坡级的下面
那个球远远地动着
旁边有一头狗而在他的远远的形象中
当他动着的时候人们已不更知道那是否是球

同样的数目

[法] 比也尔·核佛尔第

半睁半闭的眼睛

在波岸的手

天

和一切到来的

门倾斜着

一个头突出来

在框子里

而从门扉间

人们可以望过去

太阳把一切地位都占了去

但是树木总是绿色的

一点钟堕下去

天格外热了

而屋子是更小了

经过的人们走得慢了一点

老是望着上面

现在灯把我们照亮了

同时远远地望着

于是我们可以看见

那过来的光

我们满意了

晚上

在有人等着我们的另一所屋子前面

夜　深

[法] 比也尔·核佛尔第

夜所分解的颜色

他们所坐着的桌子

火炉架上的玻璃杯

灯是一颗空虚了的心

这是另一年

一个新的皱纹

你已经想过了吗

窗子倾吐出一个青色的方形

门是更亲切一点

一个分离

悔恨和罪

永别吧我坠入

接受我的手臂的温柔的角度里去了

我斜睨着看见了一切喝着酒的人们

我不敢动
他们都坐着
桌子是圆的
而我的记忆也是如此
我记起了一切的人
甚至那已经走了的

肖 像

[法] 苏佩维艾尔 [①]

母亲，我很不明白人们是如何找寻那些死者的，

我迷途在我的灵魂，它的那些险阻的脸儿，

它的那些荆棘以及它的那些目光之间。

帮助我从那些眩目惊心的嘴唇所憧憬的

我的界域中回来吧，

帮助我寂然不动吧，

那许多动作隔离着我们，许多残暴的猎犬！

让我俯就那你的沉默所形成的泉流，

在你的灵魂所撼动的枝叶的一片反照中。

啊！在你的照片上，

我甚至看不出你的目光是向哪一面飘的。

---

① 苏佩维艾尔（Jules Supervielle，1884—1960），法国现代诗人，生于乌拉圭，不到一岁父母就相继死于法国，他被认为是二十世纪法国最纯粹的抒情声音，对自由诗和形式诗的掌握都堪称精湛。

然而我们，你的肖像和我自己，却走在一起，

那么地不能分开，

以致在除了我们便无人经过的，

这个隐秘的地方。

我们的步伐是类似的，

我们奇妙地攀登山岗和山峦。

而在那些斜坡上像无手的受伤者一样地游戏。

一支大蜡烛每夜流着，溅射到晨曦的脸上——

那每天从死者的沉重的床中间起来的，

半窒息的，

迟迟认不出自己的晨曦。

我的母亲，我严酷地对你说着话，

我严酷地对死者们说着话，因为我们应该

站在滑溜的屋顶上，

两手放在嘴的两边，并用一种发怒的音调

去压制住那想把我们生者和死者隔绝的

震耳欲聋的沉默，而对他们严酷地说话的。

我有着你的几件首饰，

好像是从河里流下来的冬日的断片，

在这有做着"不可能"的囚徒的新月

起身不成而一试再试的

溃灭的夜间，

在一只箱子底夜里闪耀着的这手钏便是你的。

这现在那么弱地是你的我，从前却那么强地是你，

而我们两人是那么牢地钉在一起，竟应该同死，

像是在那开始有盲目的鱼

有眩目的地平线的

大西洋的水底里互相妨碍泅水

互相蹴踢的两个半溺死的水手一样。

因为你曾是我，

我可以望着一个园子而不想别的东西，

可以在我的目光间选择一个，

可以去迎迓① 我自己。

或许现在在我的指甲间，

还留着你的一片指甲，

在我的睫毛间还羼着你的一根睫毛；

如果你的一个心跳混在我的心跳中，

我是会在这一些之间辨认它出来

而我又会记住它的。

可是心灵平稳而十分谨慎地

---

① 迎迓（yà），迎接。

斜睨着我的

这位我的二十八岁的亡母，

你的心还跳着吗？你已不需要心了，

你离开了我生活着，好像你是你自己的姊妹一样。

你穿着什么都弄不旧了的就是那件衫子，

它已很柔和地走进了永恒

而不时变着颜色，但是我是惟一要知道的。

黄铜的蝉，青铜的狮子，黏土的蝮蛇，

此地是什么都不生息的！

惟一要在周遭生活的

是我的欺谎的叹息。

这里，在我的手腕上的

是死者们底矿质的脉搏

便是人们把躯体移近

墓地的地层时就听到的那种。

生 活

[法] 苏佩维艾尔

为了把脚践踏在

夜的心坎儿上，

我是一个落在

缀星的网中的人。

我不知道世人

所熟稔的安息，

就是我的睡眠

也被天所吞噬了。

我的岁月底袒裸啊，

人们已将你钉上十字架；

森林的鸟儿们

在微温的空气中，冻僵了。

啊！你们从树上坠了下来。

心 脏

赠比拉尔

[法] 苏佩维艾尔

这做我的寄客的心，

它不知道我的名字，

除了生野的地带，

我的什么它都不知道。

血做的高原，

受禁的山岳，

怎样征服你们呢，

如果不给你们死？

回到你们的源流去的

我的夜的河流，

没有鱼，但却

炙热而柔和的河，

怎样溯你们而上呢？

寥远的海滩之音，

我在你们周围徘徊

而不能登岸，

哦，我的土地的川流，

你们赶我到大海去，

而我却正就是你们。

而我也就是你们，

我的暴烈的海岸，

我的生命的波沫。

女子的美丽的脸儿，

被空间所围绕着的躯体，

你们怎样会

从这里到那里，

走进这个我无路可通

而对于我又日甚一日地

充耳不闻而反常的

岛中来的？

怎样会像踏进你家里一样

踏进那里去的？

怎样会懂得

这是取一本书

或关窗户的时候

而伸出手去的？
你们往往来来，
你们悠闲自在
好像你们是独自
在望着一个孩子的眼睛动移。

在肉的穹窿之下，
我的自以为旁无他人的心
像囚徒一样地骚动着，
想脱出它的樊笼。
如果我有一天能够
不用言语对它说
我在它生命周围形成一个圈子，
那就好了，
如果我能够从我张开的眼睛
使世界的外表
以及一切超过波浪和天宇，
头和眼睛的东西
都降到它里面去，
那就好了！
我难道不能至少
用一支细细的蜡烛
微微照亮它，

并把那在它里面
在暗影中永不惊异地
生活着的人儿指给它看吗！

一头灰色的中国牛

[法] 苏佩维艾尔

一头灰色的中国牛，

躺在它的棚里，

伸长了它的背脊，

而在同一瞬间

一头乌拉圭牛

转身过去瞧瞧

可有什么人动过。

鸟儿在两者之上，

横亘昼和夜，

无声无息地

飞绕了行星一周，

却永远不碰到它，

又永远不栖止。

时间的群马

[法] 苏佩维艾尔

当时间的群马驻足在我门前的时候，

我总有点踌躇去看它们痛饮，

因为它们拿着我的鲜血去疗渴。

它们向我的脸儿转过感谢之眼，

同时它们的长脸儿使我周身软弱，

又使我这样地累，这样地孤单而恍惚，

因而一个短暂的夜便侵占了我的眼皮，

并使我不得不在心头重整精力，

等有一天这群渴马重来的时候，

我可以苟延残命并为它们解渴。

房中的晨曦

[法] 苏佩维艾尔

曦光前来触到一个在睡眠中的头，

它滑到额骨上，

而确信这正是昨天的那个人。

那些颜色，照着它们的久长的不做声的习惯，

踏着轻轻的步子，从窗户进来。

白色是从谛木尔来的，触过巴力斯丁，

而现在它在床上弯身而躺下，

而这另一个怅然离开了中国的颜色，

现在是在镜子上，

一靠近它就把深度给了它。

另一个颜色走到衣橱边去，给它擦了一点黄色，

这一个颜色把安息在床上的

那个人的命运

又渲染上黑色。

于是知道这些的那个灵魂，

这老是在那躺着的躯体旁的不安的母亲：

"不幸并没有加在我们身上，

因为我的人世的躯体

是在半明半暗中呼吸着。

除了不要受苦难

和灵魂受到闭门羹

而无家可归以外，

便没有更大的苦痛了。

有一天我会没有了这个在我身边的大躯体；

我很喜欢推测那在床巾下面的他的形体，

那在他的难行的三角洲中流着的我的朋友的血

以及那只有时

在什么梦下面

稍微动一动

而在这躯体和它的灵魂中

不留一点痕迹的手。

可是他是睡着，我们不要想吧，免得惊醒他，

这并不是很难的

只要注意就够了，

让人们不听见我，像那生长着的枝叶

和青草地上的蔷薇一样。"

房中的晨曦　285

等那夜

[法] 苏佩维艾尔

等那夜，那总可以由于它的那种风所吹不到

而世人的不幸却达得到的极高的高度

而辨认出来的夜，

来燃起它的亲切而颤栗的火，

而无声无息地把它的那些渔舟，

它的那些被天穿了孔的船灯，

它的那些缀星的网，放在我们扩大了的灵魂里

等它靠了无数回光和秘密的动作

在我们的心头找到了它的亲信，

并等它把我们引到它的皮毛的手边，

我们这些受着白昼

以及太阳光的虐待，

而被那比熟人家里的稳稳的床更稳的

粗松而透彻的夜所收拾了去的迷失的孩子们，

这是陪伴我们的喃喃微语着的蔽身之处，

这是有那已经开始偏向一边

开始在我们心头缀着星，

开始找到自己的路的头搁在那里的卧榻。

消失的酒

保尔·瓦雷里 [①]

有一天，我在大海中，

（我忘了在天的何方，）

洒了一点美酒佳酿，

作奠祭虚无的清供……

美酒啊，谁愿你消亡？

我或许听了战士说？

或许顺我心的挂虑，

心想血液，手酹酒浆？

①[法]保尔·瓦雷里（Paul Valéry 1871—1945)，法国象征派诗人和理论家，法兰西学院院士。代表作有《年轻的命运女神》《海滨墓园》等。他的诗耽于哲理，倾向于内心真实，往往以象征的意境表达生与死、灵与肉、永恒与变幻等哲理性主题。

大海平素的清澄
起了蔷薇色的烟尘
又恢复了它的纯净……

美酒的消失，波浪酩酊！……
我看见苦涩的风中
奔腾着最深的姿容……

莱茵河秋日谣曲

[法] 阿波里奈尔①

死者的孩子们

到墓园里去游戏

马丁·葛忒吕德·汉斯和昂利

今天没有一只雄鸡唱过

喔喔喔

那些老妇们

啼哭着在路上走

而那些好驴子

欧欧地鸣着而开始咬嚼

---

① 阿波里奈尔 (Guillaume Apollinaire 1880—1918) 是法国立体未来派诗人。代表作有《醇酒集》《被杀害的诗人》《美文集》等。他提出这样的观点："诗人的任务就是不断创新、新的一切都在于惊奇……惊奇是强大的新生力量。"

奠祭花圈上的花

而这是死者和他们一切灵魂的日子
孩子们和老妇们
点起了小蜡烛和小蜡烛
在每一个天主教徒的墓上
老妇们的面幕
天上的云
都像是母山羊的须

空气因火焰和祈祷而战栗着
墓园是一个美丽的花园
满是灰色柳树和迷迭香
你往往碰到一些给人抬来葬的朋友们
啊！你们在这美丽的墓园里多么舒服
你们，喝啤酒醉死的乞丐们
你们，像定命一样的盲人们
和你们，在祈祷中死去的小孩们

啊！你们在这美丽的墓园里多么舒服
你们，市长们，你们，船夫们
和你们，摄政参议官们
还有你们，没有护照的波希米人们

生命在你们的肚子里腐烂
十字架在我们两腿间生长

莱茵河的风和一切的枭鸟起呼叫
它吹熄那些总是由孩子们重点旺的大蜡烛，
而那些死叶
前来遮盖那些死者

已死的孩子们有时和她们的母亲讲话
而已死的妇女们有时很想回来
哦！我不愿意你出来
秋天是充满了斩断的手
不是不是这是枯叶
这是亲爱的死者的手
这是你的斩断的手

我们今天已流了那么多的眼泪
和这些死者，他们的孩子们，和那些老妇们一起
在没有太阳的天下面
在满是火焰的墓园
然后我们在风中回去

在我们脚边栗子滚转着

那些栗球是

像圣母底受伤的心

我们不知道她的皮肤

是否颜色像秋天的栗子

密拉波桥

[法] 阿波里奈尔

密拉波桥下赛纳水长流

柔情蜜意

寸心还应忆否

多少欢乐事总在悲哀后

钟声其响夜其来

日月逝矣人长在

手携着手儿面面频相向

交臂如桥

却向桥头一望

逝去了无限凝眉底倦浪

钟声其响夜其来

日月逝矣人长在

恋情长逝去如流波浩荡
恋情长逝
何人世之悠长
何希望冀愿如斯之奔放

钟声其响夜其来
日月逝矣人长在

时日去悠悠岁月去悠悠
旧情往日
都一去不可留
密拉波桥下赛纳水长流

钟声其响夜其来
日月逝矣人长在

公 告
[法] 爱吕雅①

　　　　他的死亡之前的一夜

　　　　是他一生中的最短的

　　　　他还生存着的这观念

　　　　使他的血在腕上炙热

　　　　他的躯体的重量使他作呕

　　　　他的力量使他呻吟

　　　　就在这嫌恶的深处

　　　　他开始微笑了

　　　　他没有"一个"同志

　　　　但却有几百万几百万

---

　　　① 爱吕雅（Paul Eluard 1895—1952），法国著名的超现实主义诗人、社会活动家。代表作有诗集《诗与真理》《和德国人会面》《政治诗集》《畅言集》《为了在这里生活》等。"二战"期间，他站在抵抗运动的作家一边，加入了反法西斯和纳粹的斗争。

来替他复仇他知道
于是阳光为他升了起来

受了饥馑的训练
受了饥馑的训练
孩子老是回答我吃
你来吗我吃
你睡吗我吃

一只狼

[法] 爱吕雅

白昼使我惊异而黑夜使我恐怖
夏天纠缠着我而冬天追踪着我

一头野兽把他的脚爪放在
雪上沙上或泥泞中
把它的来处比我的步子更远的脚爪
放在一个踪迹上在那里
死亡有生活的印痕。

勇 气

[法] 爱吕雅

巴黎寒冷巴黎饥饿

巴黎已不再在街上吃栗子

巴黎穿上了我旧的衣服

巴黎在没有空气的地下铁道站里站着睡

还有更多的不幸加到穷人身上去

而不幸的巴黎的

智慧和疯癫

是纯净的空气是火

是美是它的饥饿的

劳动者们的仁善

不要呼救啊巴黎

你是过着一种无比的生活

而在你的惨白你的瘦削的赤裸后面

一切人性的东西在你眼底显露出来

巴黎我的美丽的城

像一枚针一样细像一把剑一样强

天真而博学

你忍受不住那不正义

对于你这是惟一的无秩序

你将解放你自己巴黎

像一颗星一样战栗的巴黎

我们的残存着的希望

你将从疲倦和污泥中解放你自己

弟兄们我们要有勇气

我们这些没有戴钢盔

没有穿皮靴又没有戴手套也没有受好教养的人

一道光线在我们的血脉中亮起来

我们的光回到我们这里来了

我们之中最好的人已为我们而死了

而现在他们的血又找到了我们的心

而现在重新是早晨一个巴黎的早晨

解放的黎明

新生的春天的空间

傻笨的力量战败了

这些奴隶我们的敌人

如果他们明白了

如果他们有了解的能力

便会站起来的

自 由

[法] 爱吕雅

在我的小学生的练习簿上
在我们书桌上和树上
在沙上在雪上
我写了你的名字

在一切读过的书页上
在一切空白的书页上
石头、血、纸或灰上
我写了你的名字

在金色的图像上
在战士的手臂上
在帝王的冠上
我写了你的名字

在林莽上和沙漠上

在鸟巢上和金雀枝上

在我童年的回声上

我写了你的名字

在夜间的奇迹上

在白昼的白面包上

在结亲的季节上

我写了你的名字

在我一切青天的破布上

在发霉的太阳池塘上

在活的月亮湖沿上

我写了你的名字

在田野上在天涯上

在鸟儿的翼翅上

和在阴影的风磨上

我写了你的名字

在每一阵晨曦上

在海上在船上

在发狂的大山上
我写了你的名字

在云的苔藓上
在暴风雨的汗上
在又厚又无味的雨上
我写了你的名字

在晶耀的形象上
在颜色的钟上
在物质的真理上
我写了你的名字

在觉醒的小径上
在展开的大路上
在满溢的广场上
我写了你的名字

在燃着的灯上
在熄灭的灯上
在我的集合的房屋上
我写了你的名字

在我的镜子和我的卧房的

一剖为二的果子上

在我的空贝壳床上

我写了你的名字

在我的贪食而温柔的狗上

在它的竖起的耳朵上

在它的笨拙的脚上

我写了你的名字

在我的门的跳板上

在熟稔的东西上

在祝福的火的波上

我写了你的名字

在应允的肉体上

在我的朋友们的前额上

在每只伸出来的手

上我写了你的名字

在出其不意的窗上

在留意的嘴唇上

高高在寂静的上面

我写了你的名字

在我的毁坏了的藏身处上
在我的崩坍的灯塔上
在我的烦闷的墙上
我写了你的名字

在没有愿望的别离上
在赤裸的孤寂上
在死亡的阶坡上
我写了你的名字

在恢复了的健康上
在消失了的冒险上
在没有记忆的希望上
我写了你的名字

于是由于一个字的力量
我重新开始我的生活
我是为了认识你
为了唤你的名字而成的
自由

蠢而恶

[法] 爱吕雅

从里面来

从外面来

这是我们的敌人

他们从上面来

他们从下面来

从近处来从远处来

从右面来从左面来

穿着绿色的衣服

穿着灰色的衣服

太短的上衣

太长的大氅

颠倒的十字架

因他们的枪而高

因他们的刀而短

因他们的间谍而骄傲

因他们的刽子手而有力

而且满涨着悲伤

全身武装

武装到地下

因行敬礼而僵直

又因害怕而僵直

在他们的牧人前面

渗湿着啤酒

渗湿着月亮

庄重地唱着

皮靴的歌

他们已忘记

为人所爱的快乐

当他们说是的时候

一切回答他们不

当他们说黄金的时候

一切都是铅做的

可是在他们的阴影下

一切都将是黄金的

一切都会年轻起来

让他们走吧让他们死吧

我们只要他们的死亡就够了

我们爱着的人们

他们会脱逃了

我们会关心他们

在一个新的世界的

一个在本位的世界的

光荣的早晨